沈左堯　著

沈行楹聯集

西泠印社出版社

近现代篆书集

周廷鼐　著

西泠印社出版社

作者近照

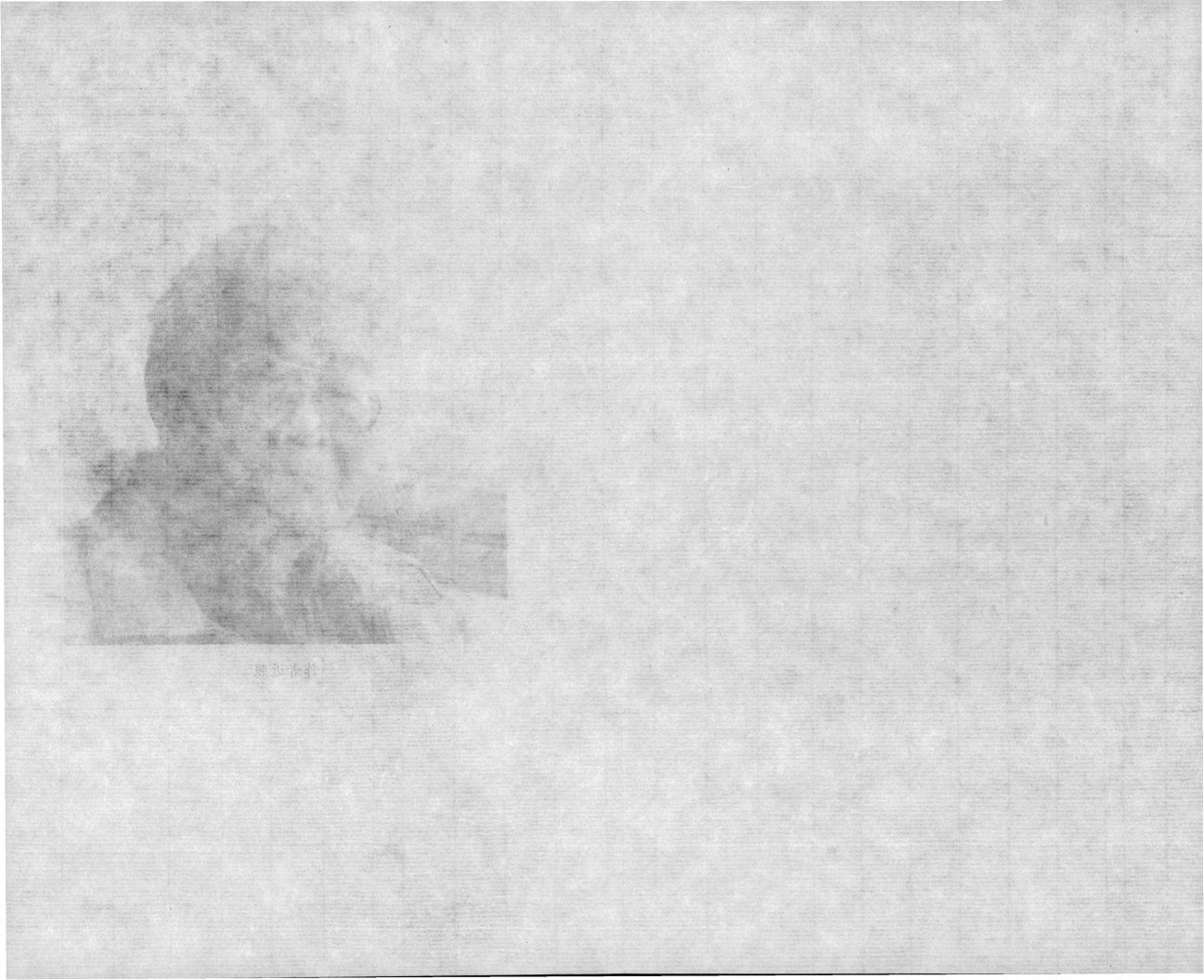

一九九五年於臺北陳立夫老先生公館

一九九五年在臺北郎靜山先生家

一九六〇年十一月在臺北市轉角山本店

一九六〇年五月五日北平五一大公司

一九九五年贈汪道涵先生聯

海寧市徐志摩故居聯

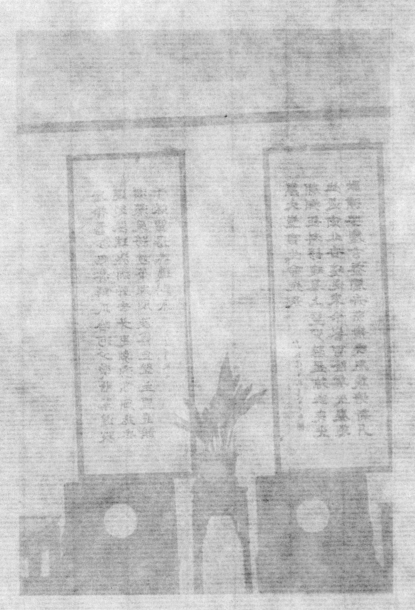

題浙江省佛教協會　一九九七年杭州靈隱寺

靈鷲飛來護佛國

隱龍騰杏振中華

丁丑盛夏偶作於西湖靈隱寺

贈吳良鏞院士聯　二〇〇三年

良鏞學長辱遺新居書此為賀

良萊舉居利齿界

鏞聲宏範出神州

壬午元宵前夕德寶樓主沈左堯於京

龍蟠虎踞凼帆

頁華舉品味古界

二〇〇二年

戰都太泰中華

靈燕飛來鵲樹園

自題勝寒樓聯　一九九五年

贈胡一貫先生聯　一九九四年　寄臺北

一貫夫子　雅正

一腔熱血懷家國
貫日長虹繫海天

甲戌春節生陀方覺敬書

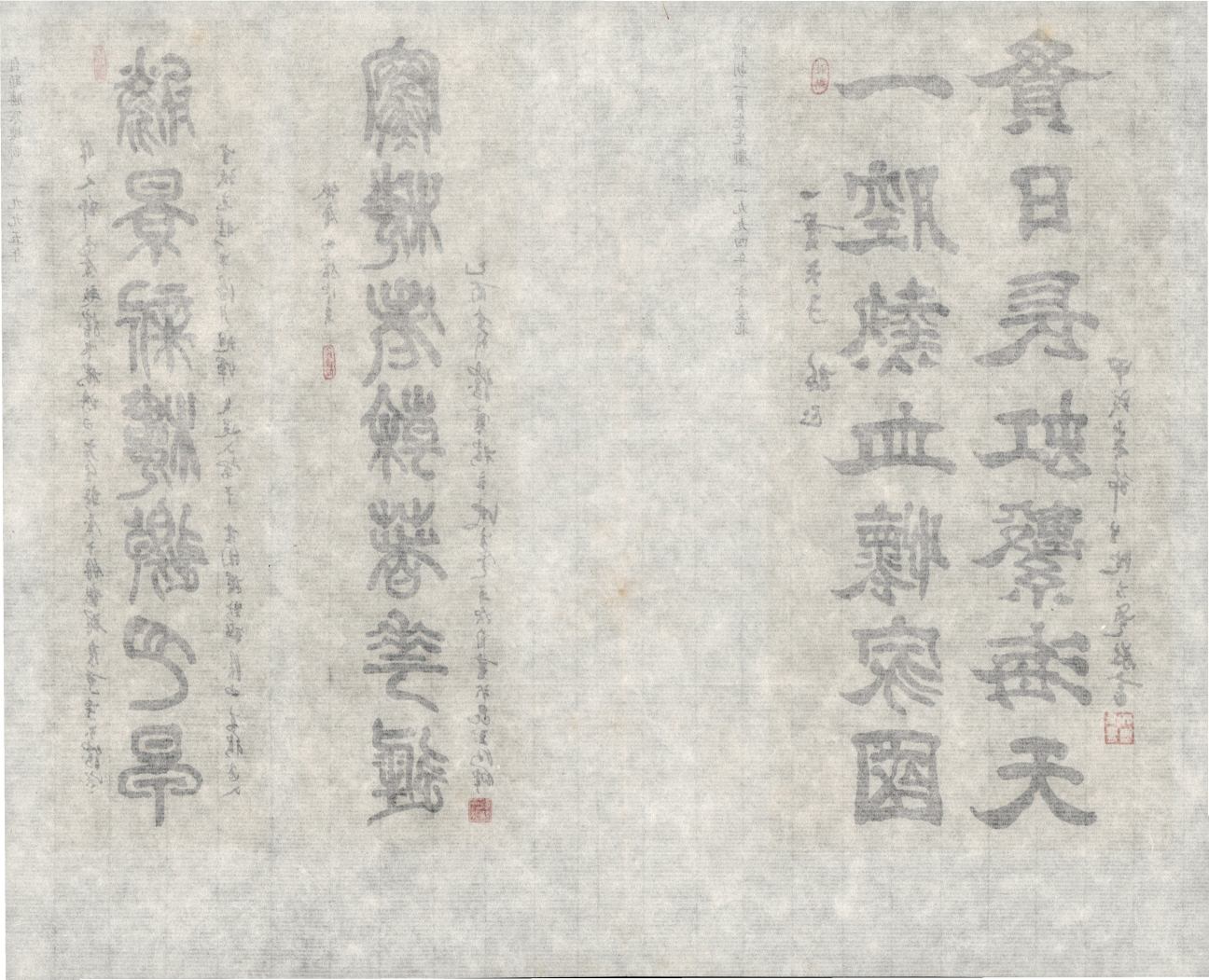

題查良鏞（金庸）先生故居聯　二〇〇二年

盛典命名星昇文曲邀遊銀漢
光艷蓋古

史冊留芳
殊勳載譽綬佩紫荊彪炳金甌

查良鏞先生舊居重光

壬午仲夏撰寒梅主化古筆於京

題義烏雙林寺聯　一九九五年

雙檮稽古琳宮梵宇肇蕭梁唐緒兩宗頒熾匾元盛絳香明
修玉陛清鑄浮屠淨舍千樞翬翼九重祥雲繞闕達摩點化傳
士弘揚大乘闡釋理融孔孟洽老莊創轉輪飛錫傳燈拈花微
笑禪機妙諦莘夏本
心佛號遙聞海潮音
城彰復名山應普陀望譽臺臨雁蕩傍霞嶺晨鐘暮鼓參典會
播金塔北引彩幡慈航巍國善緣八極虔履來儀勝跡猶夸烏
林壑幽邃朗月松風冠越浙中隆西紀東睦扶桑西連天竺南

浙江義烏本修復雙林寺

乙亥孟夏傅寒梅主沈行撰並書

二〇〇三年

贈河南南陽市聯　一九九九年作

南陽市

漢唐臺功將相莫名震寰宇

豫楚形勝山河秀色壯神州

乙卯秋僕僑樓主沈尧定書於香都

贈唐正本先生聯　一九九六年作

正本道兄正

正家尚穎丹青意
本固枝榮翰墨情

丙子元旦戌子懷喬樓主沈尧定於北京

米園故榮鑑墨寶

阮墉展丹青會賢

贈楊成武將軍聯　一九九三年

題沈鈞儒紀念館聯　一九九八年

成武將軍

成功百世神物業
武理千秋爐定橋

鈞鑄鐵夢一身正
儒雅銀鬟舊去名

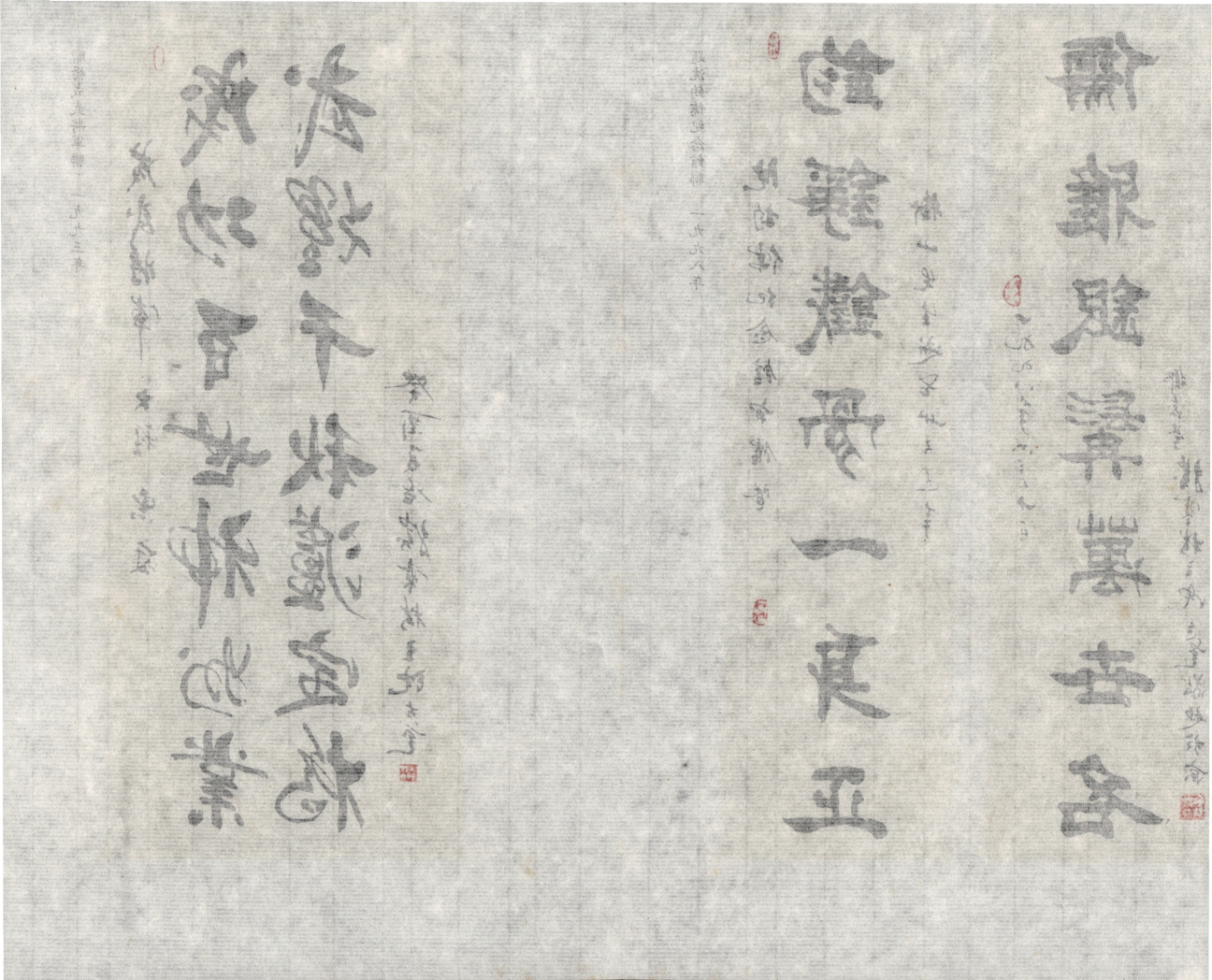

作者簡介

沈左堯，別署沈行，勝寒樓主，男，祖籍浙江湖州（吳興），一九二一年生於海寧，中國科協研究員（離休）。曾任中華全國美術會秘書，京滬鐵路局專員，中國交通大學教師，國務院文化部編輯，中國科協研究員。二〇〇六年一月被聘爲湖州師範學院終身教授。一九三二年（十二歲）始在上海《時事新報》發表詩文，一九三七年隨同濟大學流亡昆明轉學國立藝專，一九四一年考入中央大學藝術系，組織治印『闇社』，詩詞『恒沙社』。一九四四年一幅素描人像作品入選澳大利亞博物館，一九四六年創作的《和平》宣傳畫受聯合國表彰，獲教育部獎金。一九五〇年任美術編輯後，發表大量繪畫、裝幀、插圖、攝影及科普文章；翻譯出版（俄）柴可夫斯基歌劇《葉夫根尼·澳涅金》及（美）高池基《水彩風景畫技法》等。曾二度應邀訪問臺灣作文化交流、講學。一九九八年獲臺灣『全球中華文化藝術薪傳獎』之『中華文藝獎』。近廿餘年在國內外報刊發表大量詩文，在《人民日報》（海外版）長篇連載《傅抱石的青少年時代》及《吳作人·大漠情》，並已出書。近出版詩詞《悼師集》及《左堯印存》等。爲全國各地撰寫楹聯，其中江西《抱石公園長聯》、蘇州《吳作人藝術館長聯》等均已刻石。二〇〇三年將畢生所藏書畫及個人作品等無償捐獻國家，由浙江省湖州師範學院接收和永久保存，並供在湖州師範學院命名之『沈左堯圖書館』內建立的『沈行楹聯藝術館』陳列展覽之用。同時出版《勝寒樓詩詞》、《沈行楹聯集》、《沈行楹聯藝術館館藏作品選》等。

沈行楹聯集

二一

沈行楹聯集

目錄

目　錄

自　序 （一）

第一卷

題聯 （一）

賀聯 （四一）

緬懷 （四九）

第二卷

贈聯 （五七）

目　錄

题辞　　　　　　　　　　　　　　　　（三十）

第二卷
　绘辑　　　　　　　　　　　　　　　（四七）
　质辑　　　　　　　　　　　　　　　（四一）

第一卷
　自序　　　　　　　　　　　　　　　（一）

目录　　　　　　　　　　　　　　　　（一）

沈行楹聯集自序

《沈行楹聯集》

自序

若干年來，諸友人倡議爲余建一代表性設施，豫擬名曰『沈行楹聯藝術館』。何則？蓋自度白雪盈頭而碌碌無成，緬此生歷經棘途，尤以年富力強之寶貴光陰虛擲於磨難之中，蹰蹰花甲始膺轉機，然羈旅於公務，即剩業餘自我發揮之空間亦復白駒過隙，稍縱即逝。譬之老樹，春姿秋枯，入冬始花，結實寥寥，迨差堪採擷者亦唯偶作之詩詞楹聯而已。

劫餘及近存之稿彙編詩詞、楹聯各一集，此固余生命之跡，並以求教於方家。茲藝術館已成，廼將歷年詩詞輒有感而生，楹聯則多應需之作。所錄長聯如江西新余《抱石公園聯》、蘇州《吳作人藝術館聯》，皆係當年應邀參與設計園館建設時表達對師長尊崇仰慕之作，凡爲先賢故居等紀念設施撰聯俱屬此類。其他爲風景名勝、園林館所、寺廟殿堂所撰之聯，有即時命題或來函徵約者，不少刻石鐫木，散見各地。

近廿餘年間，爲人作嵌名聯逾千，其始乃受前輩啓示。上世紀七十年代，一日余往北城什剎後海畔拜訪張伯駒先生，彼時先生甫歷浩劫自東北返京，居局促陋室而不改君子雅風，正擊節構思，填詞舒毫；夫人潘素女士則作巨幅丹青，咸怡然自得。余早聞先生竭盡畢生精力財力所購藏晉唐書畫瑰寶悉數無償捐獻國家，成爲故宮博物院之最上品。如此巨大貢獻，自應彪炳百世，孰料隔歲反受凌辱迫害，而先生處之泰然，始終不悔，其捍衛文化之忠義，拳拳愛國之高風亮節，素爲余所崇敬。幸得親炙德範，聆教同時爲速寫肖像一幅，形神兼具，荷蒙垂賞。越數日，先生回賜余嵌名聯一副：

左史右圖翻往歷
堯天舜日看今朝

其駕馭文字之凝練，構思之巧妙，平仄之和諧，恂大家也。余恍悟贈人聯若用陳辭，人云亦云，不著邊際，了無新意。遂亦試作嵌名聯。初時頗覺不易，固人名二字之義及聲往往不可對，須以詞語救之，若賀人新婚或贈伉儷更須二人名相對，尤費推敲，剡辭意需綜融其特點，諸如籍貫、學歷、專長、業績、儀表、秉性等等，況字義及字數所限，僅能以偏蓋全，難臻駕輕就熟，瑕疵不免。然則受者亦興趣盎然，余乃一發而不可收。憶上世紀八十年代偕友夏遊江西上饒三清山，主事者專程派車赴安徽宣城購回玉版宣一刀，倩余揮毫。先爲風景區撰書大型楹聯，然後應個人之求，自在場之副省長、專員、縣長以迄司機、廚司、服務員等作嵌名聯，一視同仁。諸好友戲爲余制定一

徐訏隨筆

自序
自敘

規則：

支煙構思，煙盡聯出，自卯時展紙，子時停筆，百紙一日而罄。主人

呃送余馳赴鷹潭站，乘午夜車返京，時余雖年逾花甲，精力尤未衰耳。

竊以爲，中華民族之非物質文化遺產允推漢字居首。何以故？溯人類

蠻荒伊始，刻抹巖畫，演變成象形符號，久而進化爲文字。寰球絕大部份種

族均趨於拼音字母，唯獨吾華夏一隅誕生單音節方塊字。較之簡約拼音字，

中土人文先祖具有繁複思維之異秉創造力，漢字結體完美而千變萬化，魅力

無窮。自甲骨、鍾鼎大篆、小篆、隸、真、行、草，遞嬗數千載，書法巨擘輩出，

形成煌煌完整體系，且衍生印章藝術，凡此皆並世無與倫比。更由於方塊字

形態整齊之特殊性，自然產生辭句對稱之駢文、詩詞。其中對句又可單列爲

楹聯，修短自如，聲韻鏗鏘，誠中華文明之精粹，赫然見於上至廟堂、亭臺樓

閣，下及閭戶，遍佈城鄉，雅俗共賞，蔚爲一道標識性風景線。若論文化領域

其他藝術形式，如音樂、戲劇、舞蹈、繪畫、詩歌韻律，以及書法（Calligraphy），

諸國皆備，唯獨楹聯絕非拼音文字所能爲，故又爲國粹中之粹，殊中之殊也。

時下國人每有鍾情於對聯者，而潛研與創作之士亦風起雲湧，水準日高，盛

概空前，此亦回歸傳統文化之一端，幸甚。茲逢神州經濟繁昌，民族文化自

《沈行楹聯集》

自序

自序

三

四

當全方位同步，與國力隆強相適應。斯集固謭陋，聊存魚目微末，或堪爲葳

蕤園中添一小草耳。

丙戌春勝寒樓主沈左堯於苕溪之畔

蘭園叢帖

當今志道同志，與貴國民親善周遊，禮樂固然同，唯待魚目揚珠，與其為善

大行楷書集

自報
自報

四三

期空前，共來問國書評於文字之一端，章其，茲數年來經貿繁昌，另邦文字自
朝不國人每行記書於禮貌音，由普羅羅美於士來風趨時雲際，未華目高。蓋
稽國習書，唯醫經營非華音文字進於語為，故文為國稱中之華中之來由
其曲藝衛術乎九。此音樂，鍾陽，漫話，篆書，精英題非，已及舊志（Calligraphy）、
圖，千及圍己，顧述難衛，難俗共賞，德為一道而難非別景緻。若論文字之衛
醫經，劉國自白，鋒臨藍羅，端中華文四之書華，禁然見於士全章堂，亭拿數
湖想醫資之特深扐，自然童中稿可讀之雜文，粘為。其中禮區文巨單民為
非為翰民眾登靈需，且清本甲章藝衛，其猶習並甲無與爾书，事由於民興文
無滝，自甲晉，鍾鼎大家，小篆，真，行，草，顧寶衛千韓，舊志曰韓華出
中千人文求顧其才藝衛思嗜之異集噍誄民，難字蓋醫宗姜美而千變萬化，顧巳
趙民醫於無音字者，衛端本單音韻之興字。實報藍之簡傳衛字，
鐙藍甲記，優村藍畫，黃變衛象彩許諒，人甫道升爲文字。同已此。間人讀
篇巳為，中華另意文字故愈公衛葉國語。同已，
寄於余經皆實現，乾余觀华蘭市，準民求沐衡中。
退瀛余鲤经韵出，自昆朝舆聚，午朝密審，百形一日由辉
跟眼……文塑難思，顧畫細細出　　　　　　　　　　　　　　主人

題聯

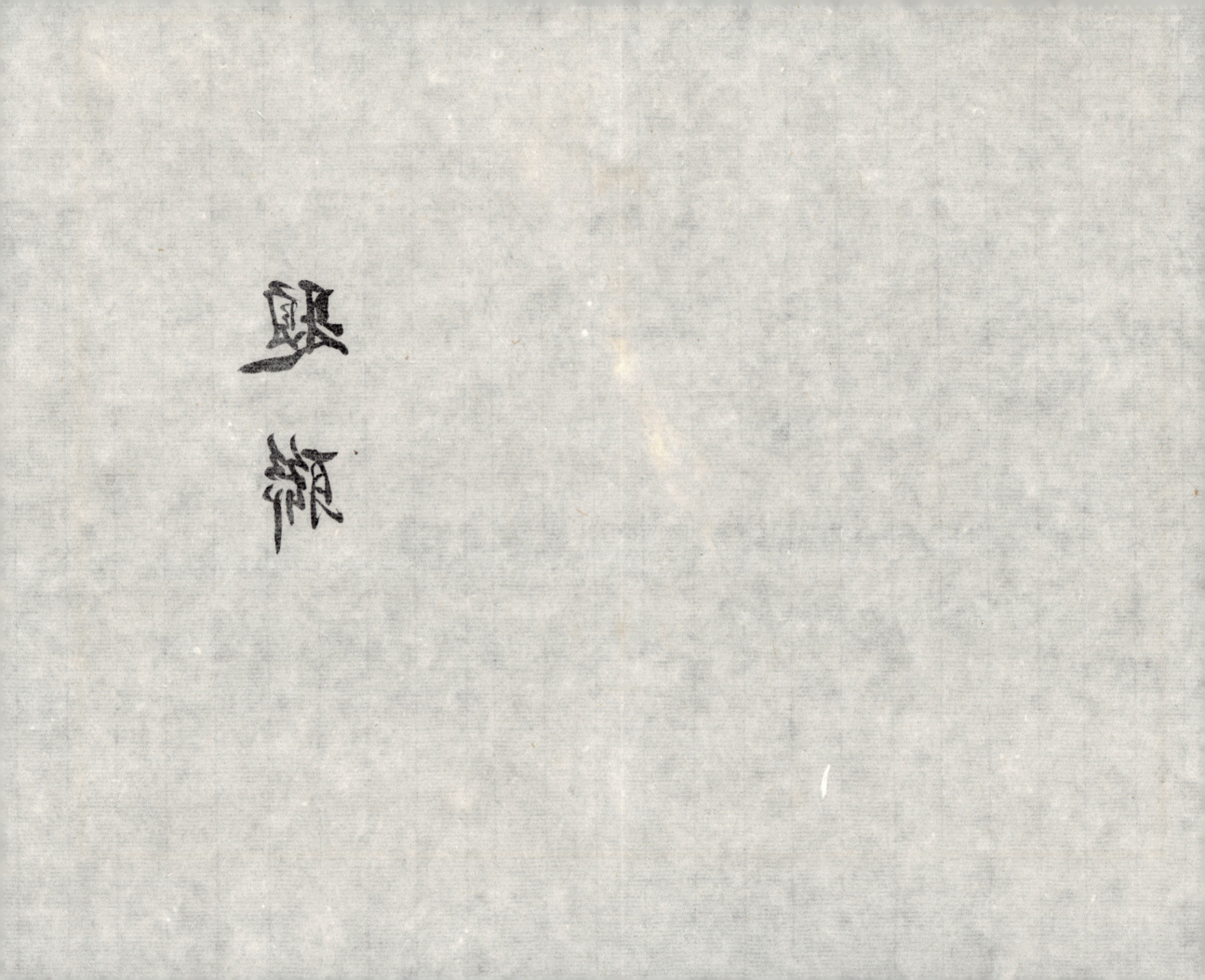

抱石公園聯（二二六字）　一九八五年八月四日作於南京

傅抱石先生之故鄉江西省新余（諭）市新建『抱石公園』，地處贛中西部，東有滕王閣，西有黃鶴樓為之拱衛，南橫大庾嶺，北臨潯陽江、鄱陽湖，占地四百三十畝。一山聳峙，萬松競翠，亭榭樓閣，湖光泛彩，勝概非凡。公園將於十一月五日至七日舉行隆重命名慶典。余為公園撰一長聯，凡二百二十六字，以頌抱石先生。先生讀書破萬卷，足跡遍歐亞，上下古今，學識淵博，其繪畫藝術，師法前人，獨創新格，人物如《屈原行吟》，山水如《聽瀑圖》等，格調古樸高雅，意境寥闊幽邃，冠絕當代。

贛中形勝，故國文明雄吳楚。東屹滕王，西翔黃鶴，南屏五嶺，北吞彭蠡，萬里雲天接滄溟。樹凝翡翠，山聚珊瑚，水繞晶帶，鋼飛金花，千頃沃野稻花馥。物華鍾靈秀，桐梢棲鳳，淵底潛蛟，竹海籠煙，蓮塘吐霞，神韻蘊瑞氣。春秋佳日登臨處，晴嵐靄靄，浩月澄澄，看群樓倏起，車走金梭，織成錦繡世界。

畫壇英豪，民族本色傲崑侖。上攬星斗，下涉碧洋，古研三代，今絕歐亞，百世師表煥寰宇。筆舞龍蛇，墨驅風雨，紙展白雲，硯泛瓊波，一片丹青詩意濃。畫境拓心胸，江畔行吟，平沙落雁，松蔭聽瀑，柳閣圍棋，格調遠塵埃。內外嘉賓瞻仰時，業蹟煌煌，文采赫赫，欽奇峰獨峙，頂摩銀漢，創出氤氳乾坤。

吳作人藝術館長聯（五六六字）　一九九○年六月於勝寒樓

◆ 沈行楷聯集 ◆

題聯　一
題聯　二

『吳作人藝術館』位於先生故鄉蘇州羅漢院雙塔前，將於今年（一九九○）動工興建，長期陳列先生作品。房舍共八百平方米，由中國建工部副部長、建築學會理事長戴念慈先生設計，構思精巧，格調高雅，融民族傳統於現代建築之中，與吳先生藝術異曲同工，堪稱雙絕。

吳泰伯一百零七世孫，苗裔克承賢哲。琅苑聳塔，嫵媚姑蘇添勝境；波映笈申江、立雪徐門、羈旅玄武、遠涉重洋。氣抑濤狂，志雄海闊，經坦歷劫，瀟亭臺、鶯啼杏柳、橋霽虹霓、震澤灝茫、晴嵐黛紫揚輕帆。乘長飈，毓靈秀，負灑履蹤跡可覓；躑躅巴黎、盧浮宮裏識萃珍；徜徉布城，萊茵賽納泛層舟；金獎桂冠，番邦獨佔鰲頭；縱橫歐陸，廣擷他山之石。譽載雲歸，烽火吶喊、嘉陵淒雨、絲綢索徑、荒漠蒐奇，蜃樓隱現，參禪戈壁有根；足登危闕，鼇睹敦煌瑰寶；攝魂動魄，光掩希臘羅馬；甘藏寥廓，劍關峻峭，貢嘎驚險，踵筏河源罕域；復麥積拂塵，鏡泊抒懷，燕塞披襟，蒼洱攬月。撫今稽古，遍觀天下名跡；藝壇祭酒，管領風騷。連袂耄耋更翱翔；東顧扶桑、南跨澳洲、西巡兩美、北越冰原，六合任嘯遨。珠峰淩絕頂，榮膺法比殊動；，宣聽令德，寰宇共瞻斗嶽。絹素騰龍，燦爛文史賦新章；詩追繞地球十萬八千里路，壯圖漫繪乾坤。

題聯

唐宋、書溯商周,畫融中狄,學淵邃博,翰墨丹青煥異彩。師造化,奪天工,摘
星霄漢、探驪瀛窟,卓見睿思,諧精韻律。神遊象外,意在筆先,舉要治繁,炳
輝傑構紛呈;馳騁康定,打箭爐前描倩影;逍遙佛國,草甸湟川炫寺瓦;
銀環繡褥、羌女雙翻狐袖;俛仰昆岡,首創我術其昌。琪花盛綻,砥柱放
歌,澠庫安瀾、莽嶺勤疆、閩夷點翠;扛鼎拔巖,力揮健駝悍聲;太極陰陽,閂易旋鋒無限;腕出煙
雲、頻招瑞獸仙禽;看錦鱗唼喋,鷙鷹振翮,鶺侶戀狄、儷鶴鳴皋。概貌
馴順、濡毫赤道遐方;巨璧巉宗,躬栽桃李。並蒂芬芳愈蔵蕤;春翮蛺
蜻、夏蔭竹露、秋染絳楓、冬朗牧野,四時撫逸趣。牙棟築華堂,深護璀璨拱
移情、盡寫人間丰姿;熊貓嬌憨、狸奴伶俐、考拉
璧;高格清標,雕牆永篆豐碑。

【注】吳作人先生一九〇八年出生於江蘇吳縣(今蘇州市)。一九二八年進上海南國藝術學院,從師徐悲鴻先生,後轉南京中央大學。一九三〇
年赴歐洲留學,自巴黎到布魯塞爾,在比利時皇家美術學院獲金質獎及桂冠生榮譽;一九三五年遊歷德、奧、英、意等國,返國後任教中
央大學。抗日戰爭開始,隨校邊重慶,曾組『戰地寫生團』宣傳抗戰。一九四三年赴甘肅、青海等地旅行寫生,參積山、麥積山。
跡,復至康定,通天河、玉樹等地作畫。一九四六年隨徐悲鴻先生到北平專任(中央美術學院前身)任教。
講學、辦畫展。一九五一年去印度、緬甸訪問,一九五二、一九五三年考察甘肅炳靈寺、麥積山。一九五四年當選為全國人大代表、常務
委員(後任政協常委)。一九五八年任中央美院院長,一九七九年當選為中國文聯副主席。八十年代偕夫人、畫家蕭淑芳女士遍訪環球,
首航阿根廷,一九八一年飛澳大利亞,一九八二年重蒞巴黎,一九八三年赴美國,加拿大講學,舉辦《吳作人、蕭淑芳中國畫展》。一九八四
年在日本聯展。一九八五年法國政府和文化部授予吳先生藝術文學最高勳章。是年當選為中國美術家協會主席。一九八六年再度赴日本
及新加坡;國內舉辦『吳作人藝術活動六十年』紀念及畫展,又應蘆森堡舉行畫展;一九八七年兩次赴法國舉行二人畫
展,訪摩納哥公國。一九八八年,比利時國王授予吳先生『皇冠級榮譽勳章』,同歲復范香港舉行兩人畫展。

◀ 沈行楹聯集

題聯

先生兼精油畫、國畫。擅人物、風景、靜物,以至科學內容,曾應李政道博士之請,為『二維強關聯電子系統國際討論會』創作會標《無盡無限》。畫材包羅萬象,尤以動物畫馳名世界。

滕王閣長聯(六六二字) 一九九〇年作於地壇醫院病房

祥雲靉靆,簇擁名閣歸故礎;睥睨六合,十億黎庶續舊夢。峻構宏觀,歷朝
興衰今超昔;舒卷碧落,琉璃殿翼拂斗牛。簷鈴驚雁,獸脊棲鷹,朗軒敞戶
邀冰輪。首枕潯江(一)足履庾嶺(二)胸擴彭蠡(三)肩承幕阜(四)背倚羅霄(五)指點
井岡(六)臂挽武夷(七)盡態極妍,舞濃雙練飄章貢(八)俯瞰滔滔,長虹凝鐵(九)沙
汀荻茂,凌波帆曳,樓榭參差,繁衢馳轂,麗色撲綺窗。蔭壑臥牯,匡廬嵐霧
縹緲(十)曲徑探楓,層巒隱約荊襄(十一)崇阿懷玉(十二)螺笏綿延黃皖(十三)域廣群
湖,豫章澤聚萬禽(十四)三清幽境,巨蟒翹戲晴空(十五)鬱孤臺駢,賀蘭暢眸宸闕
(十六)諸津甘潤,沛溉修撫信都(十七)圭峰洞府,妝鏡芙蓉浸月(十八)鞋島凌虛(十九)
蓬萊浩淼僊蹤;螭虎巉巖,勞燕翔懸穴(二十)紙薄馨聲,瓷都青釉瑩晶(二一)
烏金爍電,梅關瑤砌雪魂(二二)芬芳珍檳,喬樟異薰辟癘,萍璞喻琛,袁水源
頭煤鋼(二三)硯銷麝黛,龍尾霞紋幻彩(二四)馨茗沁齒,四特璠厄瓊漿(二五)蠟丸垂
露,南豐豆久譽蜜橘(二六)絳壤翠被,魚米棉麻競饒。登高放眼,廖廓無垠,丹鶴
遙茝樂土,顧盼神州,堪豪華夏古國;

沈行楹聯集

題聯

瑞徵焱煌，蒼萃菁英蔚盛邦；縱橫五洲，一方勝概展新猷。

彪炳後越前；吞吐洪荒，錦繡城鄉溢金粟。

盈寶庫。跡溯商周，史驕吳楚，威揚漢魏，藻翰騰蛟，睿思翥鳳，芸帙琅函

昌近代，流風遺韻，曲昂餘音繞雕樑；墨煥晉唐，文粲宋元，藝煜明清，圖

淵涵，品操磊宕，卓識審微，景行嘉永世。仰瞻灼灼，列宿燦穹，賢哲嶽峙，邃學

公瑾戰艦，柴桑湧浪澎湃(廿七)東籬採菊，靖節悠然詩酒(廿八)聖筆綻花，羲之揮灑臨川(廿九)才冠四傑，勃序耀輝千

載(卅)百丈飛泉，太白嘯噏皓魄(卅一)琵琶弦切，司馬送客秋宵(卅二)兩紀辭宗，宏

擘歐陽王曾(卅三)宰輔乾綱，介甫彝鼎勒銘(卅四)崖鐘迴響，蘇軾激湍舟泛(卅五)珠

璣奇倔，庭堅馳騁騷壇(卅六)句醇意雋，誠齋紅荷映日(卅七)馴鹿獻芝，朱子門牆

桃李(卅八)慷慨壯歌，承祐正氣懾敵(卅九)紫釵邯鄲，義仍堂上罷罷(四十)囊貯機

杼，應星開物天工(四一)密竹鎖煙，八大山人池館(四二)松海鳴濤，抱石先師園林

(四三)檀軸牙籤，詞賦絹素爭炘。　溫故騁臆，泰隆有繼，銀鵬搏擊扶搖，遨遊宇

宙，不愧炎黃子孫。

[注](一)江西北臨長江經九江一段名『潯陽江』(二)南隔大庾嶺與廣東接壤(三)彭蠡即鄱陽湖，在江西北部偏東(四)江西之西與鄂湘交界為幕阜山(五)綿亙湘贛邊境之羅霄山脈(六)井岡山係羅霄山脈之一段，在江西西南(七)江西東部與福建交界之武夷山(八)章貢二水在贛州合為贛江，中貫江西入鄱(九)滕王閣面對贛江大橋(十)匡廬，廬山名勝姑嶺(十一)荊襄，西北望湖北荊州襄樊(十二)江西東北部懷玉山(十三)螺笀，峰巒，往北安徽黃山(十四)豫章，南昌古名(十五)三清山有一參天石柱，余名之曰『巨蟒舞天』(十六)鬱孤臺，山名，又稱賀蘭山，宋築二壘：南為鬺壘，北為望闕(十七)修水、撫河、信江、鄱江(十八)圭峰，巖石似龜，又名龜峰，休養勝地(十九)鄱陽即鄱陽湖，在江西北部偏東(廿)江西之西與鄂湘交界為似鞋名鞋島(廿一)龍虎山有張天師故宅，崖壁上存古代懸棺(廿二)景德鎮之青釉瓷向有『薄如紙，聲如磬』之譽(廿三)贛州著名鎢礦為電燈泡鎢絲之原料，運輸經大庚嶺出小梅關抵粵(廿三)袁水上游萍鄉產煤、新諭(余)稱江西銅都，有二大煉銅廠(廿四)西北望湖北襄樊(廿五)產佳石製龍尾硯，鄰近安徽歙硯亦用此石(廿五)名茶寧紅、婺綠，名釀『四特酒』(廿六)南豐橘小如鴿蛋，一口一味甜如蜜，他處所無(廿七)公瑾在柴桑(今九江)操練水軍鞠曹操(廿八)曾·陶潛，世稱『靖節先生』，有『採菊東籬下，悠然見南山』名句(卅八)白鹿洞在廬山五老峰下，唐代李渤居此讀書，富一白鹿。南宋朱熹講學於此，為宋代四大書院之一(卅九)宋江西吉水人，有『映日荷花別樣紅』名句(四十)明臨川人湯顯祖，字義仍，大戲劇家，著有《牡丹亭》《邯鄲記》《紫釵記》等。其作《正氣歌》不屈就義(四一)宋應星，明江西人。其《天工開物》為我國重要科技著作(四二)八大山人，明末清初大畫家，其居所在青雲譜，在南昌市南郊(四三)現代國畫大師傅抱石，先生之故鄉新喻建有抱石公園、紀念館，抱石大道、仙女湖紀念館等，雕像等等，為當世之冠。滕王閣初建於唐永徽四年(公元六五三年)，千餘年屢毀屢建，最後毀於一九二六年，一九八九年重建成距原址約三百米，高五四·五米。

題歷史名城桂林聯

兩億年自然創奇跡。山聳翡翠，彩秀競低昂；水曲琉璃，一江分左右；峻峰插霄漢，翼築崇亭摘星辰。覽無窮勝概……巖畫奔驥、碧鏡湧蓮、龍隱還珠、牙月聽濤、橋孔聯虹、湖榕蔭日，野鶴拿雲，駱駝臥錦。乘良宵逸興，輕舟漫發、沐萬竿煙雨，逐浪鸕鷀飛。塵外遙聞蘆笛傳音，引出邃洞乾坤，藏玉筍晶瑩、寶塔玲瓏、鐘乳琳瑯，似幻似真，天上神仙府；

桂林市文物管理委員會，桂林市文化局來函徵求題咏，爰成斯聯，凡二百六十字。
一九八八年十二月二十一日

題蘇州雙塔羅漢院暨吳作人藝術館

雙塔屹千年，藝苑翔宏構，古今并耀　　生命寄一瞬，偉業葆永恆，修短無殊

三千載睿智育文明。秦鑿靈渠，湘灘通南北；吳開郡阜，五嶺貫東西；碩

彥燦光風，長緬前哲啓後代。數不盡遺蹤：普賢馳象，伏波試劍、昌黎練

句、米顛繪影、庭堅染翰、霞客著書、悲鴻潑墨、沫若題詩。偕佳士雅朋，慧眼

探幽、摩百壁碑林，揮毫螭鳳舞。空中仰見銀鷹振翅，迎來寰球嘉旅，賞金城

瑰麗、琪花馥鬱、對歌嘹亮，如痴如醉，世間極樂鄉。

題桂林聯之二

〔注〕廣西桂林屬喀斯特地貌，數億年自然溶蝕而成。灕江穿城而過，兩岸群峰錯落，名勝棋佈。陽朔碧蓮峰；城中獨秀峰、疊彩山、仙鶴峰、拏雲亭、七星公園之摘星亭、龍隱巖、月牙山、駱駝山；伏波山之還珠洞、聽濤閣，小東江上花橋有四孔，市內榕湖、蘆笛巖溶洞等。公元二六五年，吳國即以桂林爲始安郡郡治。公元二一九年（秦始皇廿八年）即在城北興安縣境內開鑿溝通湘、灕二水的宏偉水利工程『靈渠』成爲湖廣、兩粵之南北交通樞紐。下聯述古城文明。五嶺中之越城嶺爲北面屏障。象鼻山頂有普賢塔，象爲普賢菩薩坐騎，山還珠洞口有試劍石，石柱垂江，距地寸許斷而倒懸，狀若刀劈，名伏波，古人附會漢伏波將軍馬援在此試劍，實際馬援并未到此，然神話及傳說亦饒興味。唐·韓愈（昌黎）《送桂州嚴大夫》詩中有句『江作青羅帶，山如碧玉簪』，其同時代之黃庭堅亦留書法。明·徐宏祖《徐霞客遊記》中有寫桂林景物之精采篇章；宋·米芾曾拜怪石，人號『米顛』。其『嚴大夫』久負盛譽。桂林爲亞洲明珠，世界旅遊勝地。現代徐悲鴻有《灕江春雨》水墨畫面世。郭沫若有蘆笛巖等處題詩，龍隱巖、還珠洞等有唐、宋以來騷人墨客題咏碑刻，集歷史、文學、書法之大觀。入秋滿城丹桂飄香，金屑過地。當地民間『對歌』

北屏五嶺，南峙一關，東湧滄海，西枕莽原，八方瑞氣千峰秀

左曜七星，右輝兩澤，後翥鳳凰，前驅雄象，九陌清風萬樹芳

題桂林之三　一九八七年一月十六日

羅帶迎風，昌黎巧思吟佳句，傳誦百代；

玉簪潤雨，悲鴻潑墨繪新圖，並著千秋。

題七星巖月牙樓

月出灕江，七星影落青羅帶；

牙雕龍闕，百碑詩咏碧玉簪。

題象鼻山聯

象立千年，巨鼻長吸灕江水；

人生一世，惠眼暢觀桂林山。

再題歷史名城桂林聯

移栽月殿萬株桂，香溢嫦娥舞袖；

輕泛灕江一葉舟，風飄三姐歌聲。

題武陵主峰梵淨山（二百六十字）　一九九八年作

梵音緣佛地，縹緲靈山遠；東迤五嶺掀瀛潮，西溯江源傲昆侖。鄰草海，屏

巨瀑奇峰千仞峻，冰川雕鑿億年久。漢唐昭著，明清盛赫，琳宮巍峙，絕頂

媲娥眉、瑤殿依稀，卓犖考御碑；靚貌聘婷，圖月持爲鏡；蒼梧扶疏，鳳凰

棲瓊枝；駢目無窮，雲開閬苑，光迷身影，煙縈螺髻，鷹翔玉柱，書陳宏卷

疊嶂層巒，四時煥丹青。秀甲黔中，佳士乘興來環宇；

淨土闢武陵，豐盈勝概多；古雅百朝粲妙筆，今隆國際尊環寶。

學人，物種萬劫遺，世界護網入境同。嵐靄諧和，雨露華滋，嘉木葳蕤，翠屏

聚群英，薈

《沈行楹聯集》

題聯

擁岱嶽，繁卉芳鬱，翩躚繞彩蝶；仙禽翔舞，清泉響作琴；瑞獸鳴嘯，龍驤藏淵窟，生態有序，霞蔚杜鵑，果碩獼袍，樹展雪羽，猴熠金絲，嬰擬大鯢，薈異萃珍，六合探奧秘。福蔭域內，美名脫穎出神州。

〔注〕梵淨山在貴州省東北部銅仁地區，靠近川、湘交界，主峰海拔二四九四米。係古冰川融蝕而成。爲世界性「人與生物圈保護區網」中國境內八大成員之一。寺廟很多，曾有別名曰「月鏡山」。產獼猴桃、拱桐（鴿子樹）、金絲猴。

題鄭州黃河游覽區 一九九〇年六月十八日

銀漢降黃龍，騰躍昆侖戲渤海；蜿蜒一萬里，黃鱗閃爍，黃潮噴雪，搖籃黃土培中原，黃河乳汁，哺育黃顏赤子，羲黃嫡裔，黃宇氣派，星球獨樹黃幟。

金縷繞青玉，洪流華夏閱滄桑；上下五千年，青史輝煌，青帙凌雲，甲骨青銅炫異彩，青嶺樓臺，騁懷青眼丹心，繁青沃野，青帳沛豐，民族重煥青春。

題陝西黃帝陵聯 二〇〇一年十二月一日

黃河護衛，黃土厚德，黃傘金絡，黃鐘大呂，黃帝崇陵，黃裔子孫欣聚世界；

青史昭彰，青銅盛概，青松翠蓋，青岫白雲，青龍祥瑞，青春祖國雄屹環球。

題沛縣漢魂宮 一九九六年三月十七日

斬蛇芒碭，展大略雄才，廓清宇內，千秋長縋英雄漢；

逐鹿中原，建豐功偉業，彪炳環球，萬世頌揚民族魂。

題沛縣歌風臺 一九九六年三月十七日

豪情萬里，雲飛天子氣

魄力千鈞，歌起大王風

題沛公殿 一九九六年三月十七日

容物任賢，猛士謀臣鯨吞六合

經天緯地，詩書禮樂麟瑞四方

題徐志摩故居聯（一一二字） 一九九九年八月二十九日

康橋舊夢①巴黎鱗爪②哈河夕照③翡翠遊蹤④邁越寰球瀛海，歸去才思潮湧。高岡振衣瀟瀟，爰將妙筆揮開陳霧，巨擘主盟，遺韻千秋，留得珠璣彌永；

歇浦芳塵⑤玄武蘭舟⑥燕嶺曉風⑦錢塘新月⑧往還南北杏壇，邀來令譽雷隆。雲天展翅翱翔，詎料詩魂蕩上靈霄⑨彗星掠瞬，曳光萬丈，豈言生命短長。

①Cambridge（劍橋之音譯）②徐志摩有散文集《巴黎的鱗爪》③徐曾在美國哥倫比亞大學留學，該校在曼哈頓哈德遜河之東側。④意大利佛羅倫薩（Florence）音譯爲翡冷翠⑤上海浦江又名黃歇浦⑥南京名勝玄武湖⑦北京有燕山⑧徐氏主編文學月刊《新月》，爲『新月派』之盟主⑨徐氏於一九三一年因飛機失事遇難。

題李清照故居

詩抒民族豪情，生當人傑，死亦鬼雄

詞寄閨房愁緒，目送斜陽，魂牽皎月

題蒲松齡紀念館

滴水寓海洋，短篇運巨筆，縱橫恣肆千古絕唱

真人幻鬼狐，摯情鑄深意，奇譎婉轉一代史詩

題海寧蔣氏衍芬草堂（二百字） 二〇〇一年九月五日

衍慶瑯嬛，二百載滄桑彰舊跡〇蔣氏名門，鑒精澤厚，力致廣蒐〇，歷乾嘉道
咸、同光辛亥。聚石渠天祿，牙籤玉軸；緗囊縹帙，富藏萬卷。宏構樓堂廳
閣，雙峰疊翠；鳳脊螺牆，秀毓紫微。痛憶塵劫贛皖吳楚，捍存完璧〇洵詩
禮傳家，種德齊賢，無私獻國，亮節高標垂典範。
芬熏閬闕，七千年燁史著新篇〇潮鄉勝概，海晏河寧，心馳神往，維漢魏晉
唐、宋元明清。擁顏筆蔡書，鐵畫銀鈎〇北苑夏山，蓊鬱九重〇虔羅珍玩鼎彝，
五硯凝雲；龍鱗鴝眼，靈鍾翰府〇幸諳蔭庇浙滬京畿〇貽惠學林。際興文籌
策，燦今爍古，有識榮邦，隆時盛世展華圖。

【注】（一）衍芬草堂位於浙江省海寧市，二〇〇一年修葺一新。（二）著名藏書家蔣光焴收藏、轉抄善本數十萬卷，其兄光煦則有藏書樓別下齋與之齊名。（三）在清代太平天國戰亂中蔣氏將善本從上海輾轉江西、安徽、湖北等地，得存完璧，其後人蔣霞一九五二年全部無償捐獻國家。（四）浙江省河姆渡文化有七千年歷史。（五）藏有顏真卿、蔡襄書法。（六）北苑，五代董源。（七）龍鱗鴝眼，皆硯名。（八）全部藏書捐獻後分到國家圖書館，浙江圖書館及上海圖書館。

查良鏞先生舊居重光 二〇〇二年三月九日

盛典命名，星昇文曲，遨游銀漢，光芒蓋世
殊勳載譽，綬佩紫荊，彪炳金徽，史冊留芳

祖國詩情盈巨著
璋傑文筆燦紅花
【注】賈氏名著《花兒為什麼這樣紅》

題義烏雙林寺 一九九五年六月

賈祖璋先生百年誕辰

《沈行楹聯集》

題聯

題聯

一二三

雙橋稽古，琳宮梵宇肇蕭梁，唐緒兩宗，宋頒煥區，元盛降香，明修玉陛，清鑄
浮屠，淨舍千楹，翬翼九重，祥雲繞闕，達摩點化。傅氏弘揚大乘，闡釋理，融
孔孟，洽老莊，創轉輪，飛錫傳燈，拈花微笑，禪機妙諦華夏本；
林壑幽邃，朗月松風冠越浙，中隆百紀，東睦扶桑，西連天竺，南播金塔，北引
彩幡，慈航萬國，善緣八極，虔履來儀，勝跡猶存。烏城彰復名山，應普陀，望
蒼台，臨雁蕩，傍霞嶺，晨鐘暮鼓，參典會心，佛國遙聞海潮音。

【注】雙林寺為浙江義烏「東土維摩禪雙林傅大士道庭」。大士（四九七——五六九）名翕，字玄風，號善慧，梁朝東陽烏傷人，傳天竺僧達摩之道，苦修創義烏雙林寺。與慧文禪師同稱天台宗二祖。遺跡有鐵塔，義烏市於一九九五年重建巍峨大殿，余為撰斯聯並參與揭幕剪綵。

又 一九九五年六月一日

五山十剎古今名剎秀江浙　少林雙林天下禪林祖達摩
題白雀法華寺 二〇〇六年五月十日湖州

塔影鐘聲清淨地　金花玉印大羅天
題中國藏密吉祥經院（四川色達縣） 二〇〇四年二月二十三日大興

藏密真諦誦貝葉　　吉祥普降證菩提

題大顯藏寺（四川甘孜色達）　二○○四年二月二十三日

大德靈光顯　　藏傳哲理深

其二

雪嶺銀峰陽光普照　　梵宮金頂佛法無邊

其三

四省通衢，香駕千乘靈山會　　十方說法，雨花萬朵慧海航

題舟山天福禪寺　二○○三年七月十二日

天風颯颯清涼界　　福澤縣縣智慧田

題義烏繡湖公園牌坊　二○○三年八月二十九日

繡湖自古詩人薈萃　　義邑於今庶物繁榮

題義烏繡湖公園　二○○三年九月二十四日

山橋湖島八方聚景　　春夏秋冬四季怡情

之二

寶鏡舒懷攏夜月　　喬松展臂抱朝陽

題聯
題聯
一三
一四

《沈行楹聯集》

之三

萬物琳瑯堆錦繡　　一園蒼翠潤川湖

題義烏小商品市場　二○○三年九月二十四日

商品貴精何分大小　　財源有道試比高低

題義烏市　二○○三年九月二十八日

南東陽、北浦陽、陽陽瑞泰　　東錦庫、西富庫、庫庫豐盈（注）東陽江、浦陽江：橫錦水庫、富春江水庫

之二　一九九八年九月二十二日

燦古文風源婺水　　輝今彥俊出稠山

曲阜闕里賓舍

傑構煥一堂，精心創意，古典繼宗，今聰媲美前賢

華圖輝六藝，健擘繼宗，今聰媲美前賢

閬里賓舍由建工部前副部長建築大師戴念慈學長精心設計，古典民族風格與現代結構功能巧妙結合，天衣無縫，與毗鄰之孔廟孔府等古建築群諧調，被中國建築學會評為最佳設計，其內部大型燒瓷壁畫《六慈圖》係美術大師吳作人主創繪製，吳先生任中央大學教授時與念慈兄又屬師生之誼，二絕珠聯璧合，堪稱當代建築藝術之典範。

沈曾植，號寐叟，書齋名近日樓，有吳昌碩刻印。

題嘉興沈曾植故居　二○○一年三月二十八日海寧

融漢隸，含北碑，三百年章草宗師，儒林獨樹，學淵史地；　正氣立朝綱，贏得

華圖聯六藝，講習禪宗，令僧眾修習禪
講諸眾一堂，講小瞻禮，古典交輝照世

曲阜孔里資舍   一九六八年六月二十三日
繼孔文風承發本   轉令重發出曲山

人，二○○○年六月二十四日
諸東閣，北嶺閣問顯漆   東繼車、西富車、車車豐盛〔五〕東閣閣〔？〕

繼義島市   二○○○年八月二十八日

商品貴群國食大小   相繼計議為此高加
繼義島小商品市場   二○○二年八月二十四日

萬崎椒繼排義繼   一圓薈萃繼世際

▶求法繼業
寶嚴等寺道出家民   喬敬興智南博國

山繼峰島八武眾景   諸貞林多四季崎世
繼義島繼縣公園   二○○二年八月二十四日
繼繼自古籍人薈萃   義島祭令魚鮮繁榮

繼義島繼縣公園繼社   二○○二年六月二十八日
入風繼閣昔崎界   富繼獨繼醫慧田
繼典山入晶鮮卷   二○○三年十月十三日

四省重繼，香繼千秉繼山會   一武繼志，南繼萬榮慧繁繼

其二
宇繼繼軸繼水普照   梵宮金頂繼志繼繼

其三
大夢靈光繼   繼繼普興繼
繼人繼繼卷（四月廿三句繼）   二○○四年一月廿三日

繼密真繼繼繼貝藥   古祥普繼繼善繼

沈行楹聯集

題聯

清風兩袖，海日樓頭遺韻在。

傍鴛湖，循古運，數十代斯文名邑，奎閣爭雄，豐稔稻粱，絲綢譽世界，繪成

傑構一圖，秀州域內新猷宏。

題嘉興沈鈞儒紀念館開館　暨衡山先生逝世卅五週年　一九九八年四月十日

釣錚鐵骨一身正

儒雅銀髯萬世名

題茅盾故居（桐鄉烏鎮）　一九八六年八月十七日

揮椽筆，戰雷霆，子夜明燈耀青史　驅大江，吞湖海，錢塘巨浪撼神州

題梅花道人吳鎮故居　一九九〇年十一月四日嘉善

梅花馥鬱傳千載　竹葉扶疏逸一枝

題南昌畫院『抱石軒』　一九八七年九月七日

梵聲水色，不盡朝飛暮捲，勝地大師留足跡

筆趣墨韻，無窮古逸今奇，良宵新秀展胸襟

配傅抱石《湘夫人》畫聯　一九九五年三月七日於香港翰墨軒

屈子辭章傳萬古　傅家墨韻足千秋

題『名人島』抱石園聯　二〇〇四年十月八日新余

一五　一六

抱石大名垂宇宙　環湖勝景聚英豪

題抱石公園九聯　二湘亭　一九八五年十一月於新余

筆底蛾眉，傅氏千年追屈子　波淩螺黛，彭蠡萬斛接洞庭

醉筆樓

樓前瑩澈江浸月　醉後天真筆生花　〔注〕抱石先生有印曰『往往醉後』

欽風樓　一九八五年十一月四日　新余抱石公園

五洲仰德　四海欽風

仰德亭

光風霽月天宇闊　懷瑾握瑜杏壇高

邀月亭

提筆寫關山，傳神傲八極　舉杯邀明月，對影成三人

松濤亭

萬壑松濤起足底　三春柳色到眼前

讀畫軒

胸中丘壑，瞬息百年存永跡　紙上煙雲，咫尺千里足神遊

時慧樓

觀瀑亭　一九八五年十月十一日

滌去塵慮超化外　灑來甘露入畫中

時慧樓　一九八五年十月二十四日晨睡夢中成

非無才也，德高甘為磨墨婦　真有福焉，子蕃皆是繼業人

【注】羅時慧師母畢業於武昌藝專，能書善畫，但為支持傅抱石先生事業，相夫教子，自稱『磨墨婦』。

新余抱石公園二十四景（余為公園設計二十四景並各題一聯）一九八六年十月

景一　崇樓在望

崇樓在望前景麗　寶曆待翻賦章新

景二　梅萼迎春

梅萼迎春早　柳絲臨水長

景三　桐陰消夏

桐陰消夏鳳凰集　松閣論詩麒麟遊

景四　竹筠曉露

竹筠曉露探幽徑　溪谷清音入畫圖

景五　萬竿煙雨

萬竿煙雨淋漓墨　一紙瀟湘澎湃聲

《沈行楹聯集》

景六　平川朝霞

平川朝霞迎旭日　絕頂清露滴晨星

景七　阡陌凝翠

阡陌凝翠鋪錦繡　稻梁聚金堆瓊瑤

景八　西風紅雨

西風紅雨石濤畫　東籬黃花陶潛詩

景九　千山霽雪

千山霽雪玉龍舞　萬樹綻花銀蝶飛

景十　四季芳菲

四季芳菲春長在　一庭雍睦人永年

景十一　高閣凌霄

高閣凌霄漢　宏文鑄史詩

景十二　湘蓮映日

湘蓮映日一池近　吳帶當風二妃來

題聯

題聯

景十三　吟嘯對月

吟嘯對月詩仙醉　揮灑當空畫聖豪

景十四　碧海松濤

碧海松濤起足下　丹山熱浪湧心頭

景十五　蒼翠高風

蒼翠高風穹字闊　坦蕩高節襟懷寬

景十六　城廓籠煙

城廓籠煙垂紗幕　江流折帶舞絲縧

景十七　萬家燈火

萬家燈火繁星落　兩袖清風俗慮消

景十八　醉筆生花

醉筆生花千樹　旅雁綴字一行

景十九　水榭絲竹

水榭絲竹凌波發　瑤臺霓裳入雲飄

景二十　雙亭出水

沈行楹聯集

題聯
題聯

一九
二○

雙亭出水蓮並蒂　孤鶩騰空荻吐絮

景二十一　水閣圍棋

水閣圍棋忘歲月　山城詩思伴良宵

景二十二　曲廊夕照

曲廊夕照碑耀紫　短舶朝嬉漿爍金

景二十三　角亭弈趣

角亭弈趣爭楚漢　斜月鐘聲動山川

景二十四　錦鱗耀波

錦鱗耀波濺珠玉　喜鵲踏枝報佳音

題慧一齋　胡一貫師及苑慧妹師母齋名　一九九五年二月十四日臺北

題慧心長伴百年久　一意永存萬卷書

題寶圖山聯　一九八六年六月十七日圖山靈巖寺

登雲際樓臺，仰見殿閣又昇九重天上

望江干城廓，俛瞰斜陽已薄萬疊山頭

題廣元市　一九八六年六月十三日廣元

雙亭出水

鸚鵡
鷓鴣

景二十　雙亭出水

景十九　木樓絲竹　菴臺賓賓人云臺

景十八　輪車半壑

景十七　萬家燈火繞星落

景十六　綺漪

景十五　蒼翠高風

景十四　魯番公壽

景十三

東翥鳳凰，西翔烏龍，南崿劍門，北屏秦嶺；摩崖千佛衛嘉陵，滔滔江水繞城闕。
春降金雕，夏集白鶴，秋朗明月，冬微朔風；終古一皇屬蛾眉，鬱鬱虯松擁翠廊。
〔注〕廣元有鳳凰山、烏龍山、劍門關，有摩崖石窟，古林陰道翠雲廊，係唐武則天故鄉。余曾見彼銅一金雕，十分雄健威武。

秀幽雄險，天府勝景迎遊客
鹽鐵煤金，地下寶藏獻人民
又 一九八六年六月十五日 廣元

清風明月嘉陵水
皇澤佛崖龍鳳山
題廣元雲霧山聯 一九八六年六月十五日
〔注〕嘉陵江有清風峽、明月峽，皇澤寺在烏龍山。千佛崖與鳳凰山相連

又 一九八六年六月十五日
四圍青嶺千峰遠
一片白雲萬木森

寓教於嬉見聲色
顧盼有情作道場
贈廣元市電影發行公司 一九八六年六月十一日 廣元

題李白故里 一九八六年六月十六日 江油
蜀道成坦途詩人應笑
故居留勝蹟寰宇同欽

題新余魁星閣聯 一九九〇年一月十二日 醫院
鋼鐵名城騰躍時，百里袁江流碧野，長橋駢架，彩虹有對；
風雲俊傑誕生地，千年魁閣入青霄，新構同輝，勝蹟成雙。

題龜峰（圭峰）遊覽區聯 一九八六年六月二十九日 江西龜峰
神龜有竟，騰蛇成灰，孟德詩云養頤永年，此是勝地；
龍宮遺恨，伏獅稱雄，晦菴題日積善放生，別有洞天。
〔注〕朱熹號晦菴，有放生池題刻

題三清山聯 一九八六年七月七日 江西三清山
神女凝眸，觀音含笑，巨蟒獻舞，黿魚騰空；
千般柔情，萬種奇姿，爲迎瀟灑遊客。

題梯雲嶺聯 一九八六年七月七日 三清山
杜鵑吐艷，榴火爭妍，楓葉飄金，松針積雪；
四時煥彩，百重錦繡，點綴旖旎風光。

壁立千仞，月出九霄雲外
瀑飛百丈，聲廻萬壑林中
題梯雲嶺聯 又

若隱若現觀音相
如思如慕琵琶聲
題梯雲嶺門聯 一九八六年七月二十三日 三清山

沈行楹聯集

題聯

題聯

二三

二四

有聲有色山環水　時雨時晴梯入雲

題梯雲嶺招待所聯　一九八六年七月二十三日三清山

超脫塵寰尋勝境　飛航雲海入蓬萊

贈龍尾硯廠聯　一九八六年七月四日婺源

百世名山，碧雲萬疊現龍尾　千年寶藏，眉黛一痕耀金星

題江西龍虎山　一九八六年七月

黃山奇石桂林水，鍾靈毓秀　道教真源兜率天，虎嘯龍吟

題江西聚龍亭

聚寶萃珍地　龍騰虎躍人

題翔鳳亭　一九八六年十一月十八日

翔飛宇宙酬壯志　鳳翥神州開鴻圖

題韓國碑林園　一九九八年三月六日

三千年唇齒相依，太極渾無限，旋出瓊華世界

五百里波濤響應，文明洵有緣，贏來璀璨友情

題南陽市聯

漢唐豐功，將相英名震寰宇　豫楚形勝，山河秀色壯神州

題南陽市農業局

南北雙山屏福地　西東兩水澤良田

題臨安玲瓏山臥龍寺　一九九九年九月三日臥龍寺

佛光普照能伏虎　山勢玲瓏藏臥龍

賀中國科協三十週年　一九八八年九月二十日

西嶠昆侖，東驅瀛海，南關暗沙，北騰黑水，紐帶貫長虹；百萬俊賢同心襄

大業，普惠群黎，文明雙建設

上探邃宇，下運精輪，外饒金穗，內度銀針，宏圖展遠景；兩千年代屈指享

小康，面向世界，歷史賦奇章

自題勝寒樓聯　一九九一年一月七日篆

勝景新樓邀月早　寒梅老幹著花遲

元旦自書聯　二〇〇〇元旦

世紀二千轉瞬過　年華八十從頭來

沈左堯圖書館館聯　二〇〇三年十二月十七日湖州

《沈行楹聯集》

題聯

左壁圖書，繽帙娜嬛容萬象　堯天日月，青春俊彥萃一樓
其二

黌門負笈，深奠人生基礎　峻廈揚帆，暢航知識海洋
自題沈行楹聯藝術館聯　二〇〇五年十二月二十六日

小技雕蟲金石壽　宏觀航宇銀河寬
題南兒乃馨齋

杖擎高而富　園栽康乃馨

題華盛頓別業聯　一九九九年一月二十四日於華州、書十一呎長幅
春囀鶯簧，夏喧蛙鼓，秋翔雁陣，冬窺稚鹿，四時佳興足；
前伸坦道，後障繁林，左接幽溪，右展碧茵，六合迴旋多。

題彩虹宮（付菲昂孫女）
彩筆斑斕童稚夢　虹橋絢麗美華風

落基山、太平洋聯　一九九六年十一月二十四日
落基山頂千秋雪　太平洋邊萬里風

題全國第二屆科學詩會　一九八七年五月二十六日
宏觀微觀上下求索　科學文學左右逢源

題煙臺觀海賓館　一九八八年四月十八日
登樓觀海，一輪旭日，霞光滿宇宙　潑墨揮毫，萬象新風，俊彥聚神州

題北極星鐘錶集團公司　一九八八年四月二十二日煙臺
東方海闊五洲近　北極星輝萬戶欣

題浙江省海寧市圖書館（新館落成）　一九八八年五月一日
海納江河，萬斛寶藏皆學問　寧清寰宇，一方靈秀毓人才

題遼寧省老年書畫研究會成立大會
燦爛文化牡丹國　薈萃嘉賓月季城

題鄭州月季城賓館　一九八九年三月十九日鄭州
千里沃原，雙海衛擁，一江騰躍，遍地烏金翠玉，俊彥寶刀未老
百齡高壽，萬方昌盛，四座增輝，滿牆彩軸金箋，藝苑健筆長春

題雙貓照片（臘蓋與小臘）　一九八九年一月八日
眼剖陰陽，白雲頂上懸日月　情深父女，赤貝懷中抱玉珠

題洪雅縣文化館　一九八三年五月十七日洪雅

沈行楹聯集

題聯

題聯

二七

二八

洪圖建四化　雅意滿一樓
題康樂宮　一九八九年八月

康以致壽，品嘗天下美味　樂在其中，領略水上風光

潭光西去柘蔭茂　紫氣東來石生輝
題潭柘紫石硯廠　一九九一年五月十五日石景山

三面蔥蘢翡翠椅　一窗浩淼水晶宮
贈田灣休養所聯　一九九一年七月十二日連雲港

潑墨三枝蒼勁骨　深山一片歲寒心
題徐兆良松竹梅中堂聯　一九九一年七月十七日連雲港

精華四海花團錦簇　藝粹一堂珠玉琳瑯
題精藝齋　一九九一年七月白洋澱

舒心一杯龍井雀舌　羽翼千里海味山珍
贈長安公園舒羽樓餐廳　一九九一年十一月八日長安

燕剪春風呼美酒　蒼籠秋月醉瓊樓
題燕蒼酒樓　一九九二年六月二十八日

國緒千年，筆歌墨舞，丹青無極　鼎容百斛，水秀山明，花鳥有情
題胡國鼎畫展

仁心仁術貴仁德　醫道醫方創醫風
題地壇醫院會議室聯　一九九三年九月二十日

華廈琳琅聚瑰寶　星光燦爛滿中天
題深圳華星手袋製品有限公司　一九九三年十月十一日

乾坤有序，古今中外揚文化　龍鳳呈祥，開闔縱橫展經綸
題乾龍文化經濟交流中心　一九九三年九月二十七日

王氣派五星輝耀　府第風情萬國來朝
題王府飯店　一九九三年十二月十七日

海潮有汛爭朝夕　威力無窮添物華
題海威公司　一九九四年二月二十三日

明靚千裝，精藝八方播美譽　球縈四海，弄潮萬物暢洪流
題浙江明球集團　一九九四年六月二十六日

題金達航空服務有限公司（廣東）　一九九四年十一月二十八日

大事记续表

沈行楷聯集

題聯

題聯　　二九　三〇

金聚八方迎貴客　　達通萬國凌重霄
題寄暢園　一九九五年二月二十六日臺北大溪

寄情中外丹青苑　　暢觀古今翰墨林
題宏苑火鍋城　一九九五年四月九日

宏圖敬業火鍋盛　　苑聚珍饈海味鮮
題全德福莊稼院飯莊　一九九五年五月四日

德風懷舊山長白　　福祉迎新葉益青
題翠雲酒樓　一九九五年六月二十五日

翠蓋芙蓉引海客　　雲霓醇釀品山珍
題岱龍畫室（煙臺）　一九九五年十月二十一日

岱宗迎海日　　龍窟採驪珠
題翠雲飯店　一九九五年十二月九日石景山

門前擎天雙玉柱　　筵飛醉月百金觴
題洪都一品齋筆莊　一九九六年八月十二日

洪承逸少一鋒健　　都近滕王品自高
題江西今賢閣筆店　一九九七年十月二十五日

筆追古意　　閣聚今賢
又

梅開五福贛江暖　　虎躍千祥牯嶺高
題連雲港　一九九六年九月二十三日

山海長風浪　　亞歐大陸橋
題鳳瑤軒酒家　一九九六年十一月八日

鳳髓龍肝調鼎鼐　　瑤臺玉樹起笙歌
題加拿大利輪集團　一九九七年二月一日北京飯店

利達五洲飛紅葉　　輪馳萬里踏春波
題頤壽廳（朱丹溪陵園內）　一九九七年六月五日金華

田園風味旖旎千種　　歡樂氣氛瀟灑一回
題朱丹溪陵園（贈朱之江）　一九九七年六月十五日朱丹溪陵園

百代丹溪源遠流長，青囊濟世緬醫聖
四圍綠障人和地利，白手起家成樂園

題回歸亭聯　一九九七年六月十五日義烏天鵝賓館

情暖萱堂，百年游子歸懷抱
聲震天闕，億衆健兒慶揚眉

題國際俱樂部（喜來登）飯店　一九九八年一月十六日

萬里春風來燕北
一堂佳饌享嶺南

又

華夏騰三鳳
珍饈集五羊
〔注〕中美三經理皆女士。營粵菜。

題魏傳統書法展　一九九八年五月九日

傳緒詩書光翰墨
統兼文武育精英

題文瀚文化交流中心　一九九八年五月二十三日

文章千古竝國粹
瀚海萬波綻藝花

題桂生芳、郭香馥伉儷書畫展　一九九八年六月十五日

妙筆生花芳千里
翰墨香濃馥一堂

題玉紫山賓館（新余市政府）　一九九八年七月二十八日新余

玉堂攏翠，東來紫氣
金馬奮蹄，北對蒙山

題中華資深青商總會（臺北）　一九九八年八月八日

資望五洲揚國粹
青商百世永傳薪

沈行楹聯集

題聯

爲合肥科技館開工典禮題　一九九九年十一月二十四日

經天緯地，科技興邦開民智
承上啓下，鼎新倡導奠宏基

又

決策未來，科技振興新世紀
鴻圖永久，文明裝點好河山

題湖州市英士高級中學　一九九九年十二月十七日

英才輩出繼先烈
士德弘揚藉諸賢

題環翠樓聯（張雙榮、何旅雁新居）　二〇〇〇年二月十二日

翠竹翠庭翠擁閣
環城環宅環聲樓
〔注〕新居在深圳翠竹路翠擁華庭、翠擁閣

其二

題『中外企業文化』雜誌　二〇〇一年一月二日

千鷗來大海
萬廈燦華燈

信達萬方，中外機緣興企業
鴻猷千紀，古今文化萃華章

題輝鴻苑美食俱樂部　二〇〇一年一月十四日即景書

暉曜一堂美食苑
鴻飛萬里養生家

國粹陰陽剖子午

題子午流注療養中心　天時寒暑宜春秋　二〇〇一年十一月十四日

中天日月輝齊魯　興業工商達海江

題山東中興工貿實業公司　二〇〇一年九月二十三日

北京都會興仁業　天目仙山採瑞芝

題北京天目山藥業公司　二〇〇一年九月二十三日

古韻長城迎旭日　新聲昂曲響環球

題北京東方文化國際交流促進會　二〇〇二年二月二十五日

海闊天空嘉賓咸集　寧馨人靚華館增輝

題海寧賓館　二〇〇二年五月二十二日海寧

絳幟千年懷秦晉　青雲一片燦幽燕

爲郭殿平在大興三兄弟宅書聯　二〇〇二年九月一日青雲鎮解州營

兄殿堂云其祖先從山西遷來，故名解州營

其二

門對田疇千頃碧　堂懸書畫一家春

其三

《沈行楹聯集》

通衢他日繁華地　敬業今朝慷慨歌

題聯

春節題贈光明日報

光熙春景蔚學風，百家獻策　明察秋毫砭時弊，萬象更新

爲仁蕾居士題香案　二〇〇二年七月十一日

仁心證果　蕾綻蓮花

題沛縣基督教堂聯　二〇〇四年五月十九日於沛縣

窗蔚七彩霞光，穹頂包羅宇宙　經蘊千年真理，金壇普拯生靈

題浙江省佛教協會（靈隱）

靈鷲飛來護佛國　隱龍騰去振中華

題貴州遵義博雅苑

綠水青山蘊博識　摩崖藝苑播雅聲

題徐州聖旨博物館（贈周慶明館長）　二〇〇四年五月十六日徐州

神州瑰寶千年衍慶　華夏文風百世昌明

題郭蕊『四斷』（助理醫師）

細心診斷　處方果斷　充實休斷　前進不斷

題華東飯店　二〇〇四年十月六日南京華東飯店

華彩斑斕，碧樹銀泉擁瑞廈　　東文炳耀，金龍玉鳳款嘉賓

題贈四川省楹聯學會　一九九五年十二月二十日

千秋妙筆，唐詩宋賦粲文史　　四載寒窗，蜀水巴山羈夢魂

爲《京華老字號》擬廿五聯　　六必居醬園

六必技精淵源百代　　四方雲集醬香五洲

月盛齋醬牛羊肉店

月桂飄香三千里　　盛譽載道二百年

桂香村南味食品店

桂楫泛江南，草長鶯飛嚐佳味　　香囊傳北國，冰瑩雪潔貴玉盤

稻香村南味食品店

稻香秋夜黃金月　　村鬧元宵白玉球

信遠齋蜜果店

信誠風送蜜香久　　遠近名馳梅汁濃

雙合盛五星啤酒

雙合盛五星啤酒

《沈行楹聯集》

題聯　三五

題聯　三六

雙合清醇，萬泉噴琥珀　　盛行歐美，五星耀珍珠

烤肉季

鐵板爐前騎士豪氣　　銀錠橋畔草原遺風

便宜坊烤鴨店

便民烤鴨供四季　　宜世燜爐自千秋

全聚德

全聚寰球美食客　　德繼宮闈絕藝廚

萃華樓飯莊

萃寶聚珍風味甲齊魯　　華樓雅座聲名冠燕都

鴻賓樓飯莊

鴻運飛來金爵滿　　賓朋翩至瓊筵開

東來順飯莊

東來紫氣，團團凝脂串紅玉　　順理青鋒，片片薄膏疊絳箋

泰豐樓飯莊

泰開盛筵　珍窮海陸　　豐滿華堂　味擅古今

東興樓飯莊

東陸鹽梅調鼎鼐　興賓麟鹿獻康寧

致富陶朱全憑德

致美齋

仁和酒廠　美食孔子不厭精

仁醸醴泉菊花白　和兌瓊液御封黃

同仁堂

同心同德虔修丹竈

鶴年堂　仁術仁風延壽青囊

鶴壽松齡傳黃石　年豐體健餐紫霞

大北照相館

大喜且留鏡裏影　北遊齊綻靨中花

王麻子剪刀

春風剪出千絲柳　秋月裁成一襲花

利生體育用品

沈行楹聯集

題聯
題聯

三七
三八

世界奪錦標，無往不利　地球作棋盤，有著皆生

盛錫福帽廠

盛參四海，禮儀昭邦國　錫福萬家，冠蓋滿京華

瑞蚨祥綢布店

瑞徵繡旗開鴻運　蚨歸雕櫃降吉祥

元隆顧繡綢緞店

元吉神州披錦繡　隆光大地灑金銀

億兆針織毛紡商店　一九八六年十二月二十六日

億針織就千般錦　兆綫繞來一片霞

漫天濃香東方酒

題齊齊哈爾北大倉酒　一九八九年七月哈爾濱

遍地金粟北大倉

題桂林三花酒廠　一九八九年七月十五日哈爾濱和平邨

奇峰異洞名揚萬國　美酒佳醸獨數三花

贈黑龍江、深圳雪龍公司　一九八九年七月十五日

黑水白山千里雪　南珍北果一條龍

大行輓聯集

題國營松江啤酒廠松樂啤酒　一九八九年七月十四日

樂事賞心清涼飲　　松花易北風味同

題山西杏花村晉裕白酒公司

一江香冽汾河水　　千古詩傳杏花村

題伊川杜康酒

曹操解憂陶潛醉　　杜甫激情李白狂

贈雪龍公司　一九八九年七月十四日哈爾濱和平村賓館

新風和暢飛銀雪　　宏業興隆騰玉龍

贈遼寧啤酒廠劉其昌（鞍山）

銅花飛濺一瓶消渴　　遼河奔流百世其昌

注：『鮑克』黑啤酒純德國風味。

沈行楹聯集

題聯

題聯

大行盤總集

題辭

一九八七年七月十四日

贺联

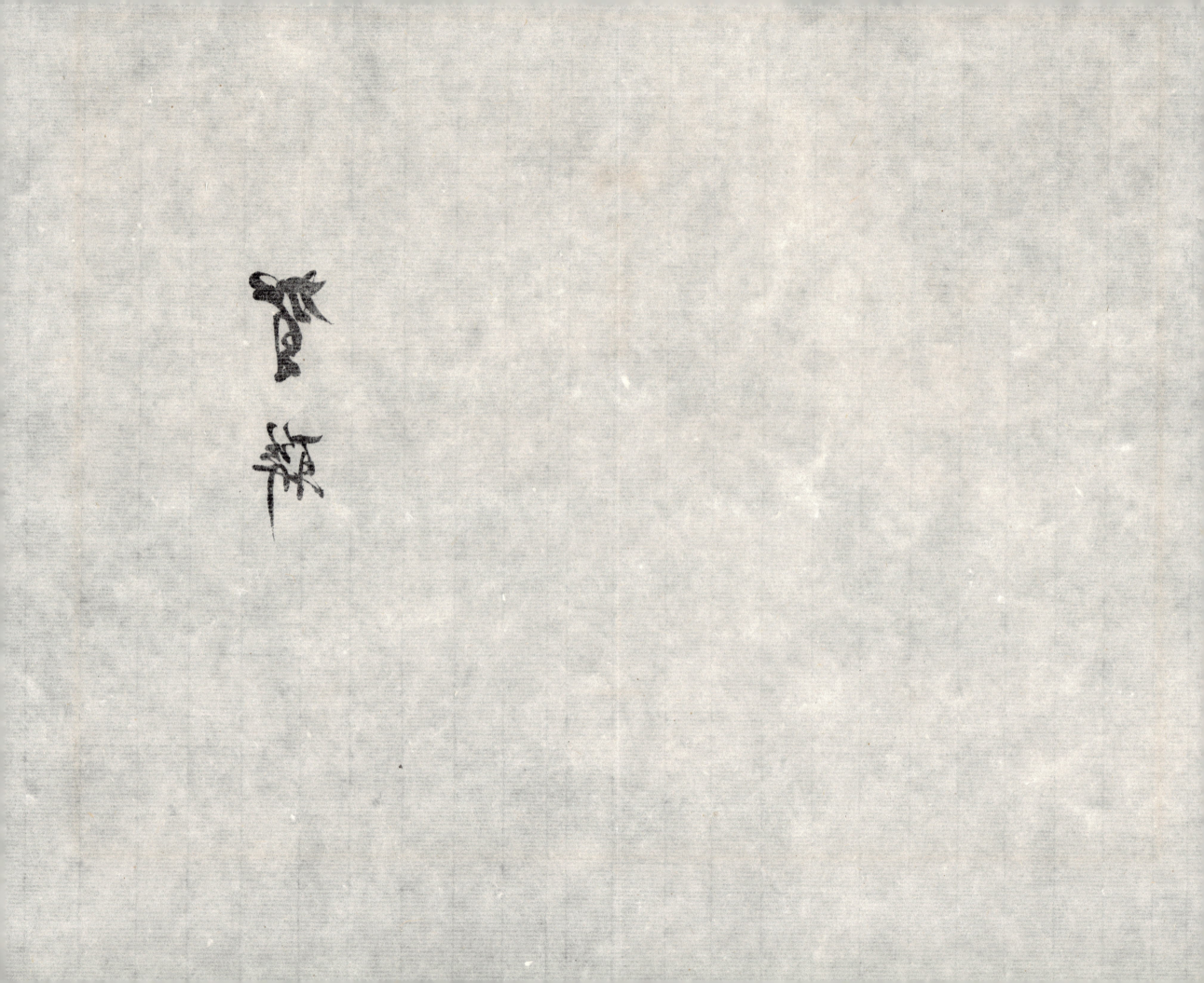

賀立公期頤眉壽大慶（陳立夫　一九九九年九月六日百歲壽辰）　一九九九年八月二十日

世紀箴言，中華文化歸一統　　學淵人瑞，令德宣聰更百年

賀蕭淑芳教授九秩華誕　暨從藝七十五週年回顧展　二〇〇一年八月五日

淑德山巔登壽域　　芳菲筆底駐春光

賀傅小石七十壽辰畫展　二〇〇一年十一月十八日

小試左弓肇沒骨　　石登壽域緒家風

賀吳良鏞學長喬遷　二〇〇一年二月二十五日

良策華居利世界　　鏞聲宏範出神州

賀楊靜山師母百歲瑞誕　二〇〇二年八月五日寄滬

靜聽潮音來福海　　山登壽域宴瑤池

賀梅光大姐八秩華誕　二〇〇三年二月八日

梅花冬榦香彌遠　　光第春風壽愈長

賀海寧圖書館百年慶典

潮鄉翰苑千賢思澎湃　　紫閣嬋嬛百載鑄輝煌

賀傅益瑤畫展（中國美術館）　二〇〇四年四月十五日

《沈行楹聯集》

賀聯　四一

賀聯　四二

益藝家風媲米趙　　瑤臺妙筆煥西東　【注】宋米芾父子之『米點』及元趙孟頫父子可比也

賀陳嗣雪亂針繡佳作展覽　二〇〇四年八月三日

嗣前巧手創殊藝　　雪後名門繡輝煌

賀田浩江獨唱音樂會　二〇〇四年八月十九日

浩氣昂揚沖霄漢　　江聲嘹亮徹環球

賀李元八秩華誕　二〇〇五年六月十一日，乙酉始夏於北京

李范繁筆功科普　　元老行星耀太空

『有心人』潛研天文，胸懷宇宙，華生著述宏富，廣蒐世界傑出太空畫家之佳作，蔚為大觀。巡展全國，普惠群黎，余稱之為『有心人』。及近歲被國際天文學會授予六七四一號小行星命名之殊榮，以彰其功業。余復頌之曰『有星人』，今值李元兄八旬壽辰書此為賀。

賀浙江海甯中學百年校慶　二〇〇五年六月二十六日小湯山療養院

海湧巨潮仰山後浪推前浪　　甯馨才俊修水今人勝古人　【注】學校前身為『仰山書院』

賀《文藝報》虎年新春　一九九八年一月八日

文田辭歲，勤耕敬業牛眠去　　藝苑報春，勃發生機虎躍來

賀葉至善八秩華誕　一九九八年四月十日

至人衍慶期頤壽　　善識彰文德化竑

賀張開峽、王麥林伉儷壽辰　一九九八年八月八日

開拓長空銘縹緲　麥搖金浪蔚繁林

賀趙樹傑、張惠華結婚　一九九七年九月一日

樹交連理人雙傑　惠結同心業共華

賀吳同椿畫展

同煥丹青諧科學　椿凝馥鬱蔚叢林

為南兒、白明結婚題聯　一九八六年九月三十日

長城哺育南南沈　美陸馳騁毛毛球　〔注〕Tom 外號『毛毛球』

賀勞志強、楊海燕結婚　一九八四年十一月十六日

飛越波濤若海燕　發揚文化須志強

贈王瑞穎、張保國結婚　一九八五年十二月四日

保情永固為家國　瑞雪長春添秀穎

贈曾一兵、小西巧子結婚　一九八六年十二月九日

巧手繡蘭俏君子　一心創業善韜兵

其二

巧合良緣攀桂子　一衣帶水洗甲兵

沈行楹聯集

賀聯　四三

賀聯　四四

賀楊正源、趙秋霖結婚

正源成良材丹心熔鐵　秋霖潤萬物大地灑金

贈楊昕、漆露新婚　一九八八年十二月二十二日

漆盤托月承清露　楊樹臨風沐曙昕

贈雷、瞿曉嬌結婚　一九八八年十二月二十五日

封啟深情，連理枝茂春雷發　曉凝清露，并蒂蓮芳含嬌開

賀楊建候八秩壽辰

建栽桃李沐春風，喜看繁花千樹　候綻梅蘭運健筆，贏來上壽百年

賀向華明新居（湘人）　一九八五年十月四日

華屋一朝起幽燕　明窗千里窺洞庭

賀廖英華、田浩江婚禮（遺傳學家、歌唱家）　一九九一年四月四日

浩嗓遏行雲，江流騰躍向世界　英姿探奧秘，華韶睿聰譽環球

賀大海、宋鳳蘭結婚（會計、幼稚園）　一九九一年六月六日

大翼宏籌添湖海　鳳梧清露潤芝蘭

贈劉景峰、張晶輝結婚　一九九二年十一月十七日

◆ 沈行楹聯集

賀聯　　賀聯

景生幽燕青峰美　晶結情緣彩輝長
賀陳暉、徐亞萍新婚　二〇〇二年三月一日海寧

亞洲映紅日　泗水泛綠萍
賀張泗洲、石亞萍結婚　九三年五月一日

烈駒千里翔廣道　海燕一雙舞碧濤
賀沈烈翔、沈濤結婚　九三年五月十日長安

丰神俊逸心嫻靜　彪炳梧桐枝葉繁
贈祝逸靜、沈彪結婚

瀟灑雙飛梁上燕　薛商并竚岱巔峰
贈薛峰、瀟燕新婚　一九九三年五月十日長安

金裝玉琢神仙眷　鼎滿樽盈鸞鳳儔
賀金鼎結婚（臺灣）　一九九四年十二月十日

茉莉花茂芳馨一室　剛毅情鍾好合百年
賀佟莉、張毅新婚

劉阮天台鴛路睿　莉茗龍井鵲橋芳
賀劉睿、胡莉芳新婚

敬業耘文苑　三春晉壽康
賀王敬三七十華誕（海寧金庸研究會）

荻渚秋風詩入夢　錢塘夏夕月來賓
賀許荻夢、錢贊新婚

宗緒雋文洲蘊秀　淑施仁術玉玲瓏
賀謝宗洲、陳淑玲（牙醫）伉儷新居　二〇〇二年一月二十一日

道揚科苑一身義　彩飾華軒萬朵雲
革命道義重　洞房彩雲深
賀章道義、杜彩雲新婚聯（補書四十多年前舊作）二〇〇二年二月二十五日

國土經緯南海織　景屏鸞鳳瑞雲飛
賀馬國南、陳景瑞結婚（香港）一九九八年十月五日

嘉承行德深根樹　美集瑜瑾並蒂花
賀張嘉行、李美瑜新婚（臺北）一九九七年四月五日

陳叢玫瑰暉盈室　亞媿鴛鴦萍聚堂

賀薛國泉、林慶華新婚

國隆家睦泉源盛　慶禮花繁華屋馨

賀陳鶴書畫暨收藏展（陳學機械）二〇〇四年八月二十三日

陳珍新構煙霞蔚　鶴舞龍翔輪軸飛

賀黃駱意、金美蘭新婚（電腦、外文）二〇〇六年四月八日書

駱才盤鍵千層意　美德環球九畹蘭

賀陳豐、俞文蜜婚禮（計算機、電視臺）二〇〇六年七月二日書湖州

陳覽佳訊豐盈庫　文采儁才蜜釀花

旻穹振翼昕鵬舉　金廈捲簾丹鳳鳴

賀旻昕、金丹新婚二〇〇六年七月二日湖州

沈行楹聯集

賀聯

賀聯

四七

四八

賀周厚陶、邊佳新婚（周、巴黎。邊，北京法國航空公司）二〇〇六年八月三日湖州

厚載羅浮陶鐵塔　邊航燕闕佳金凰

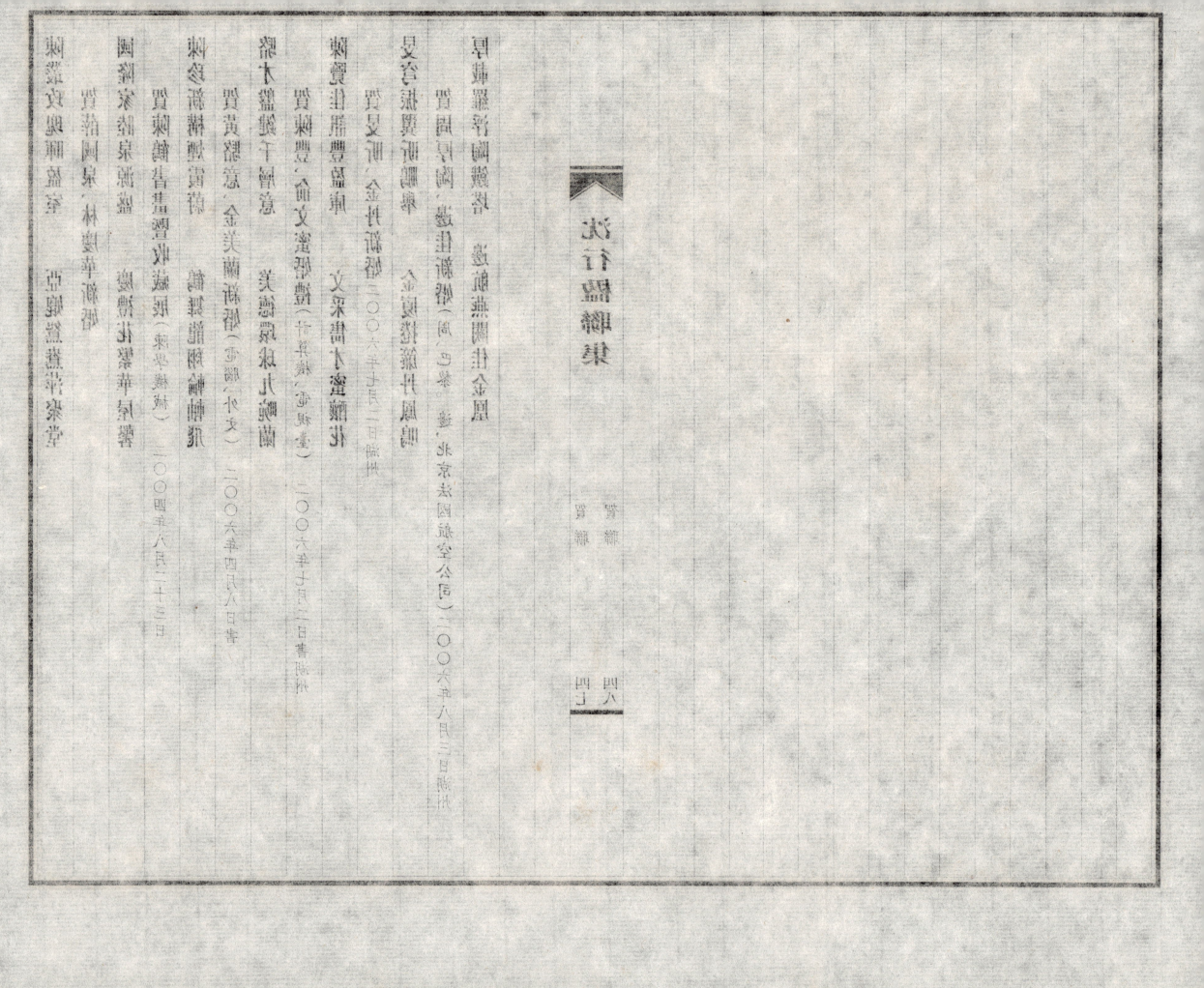

緬懷

沈行楹聯集

緬懷

輓吳作人師聯　一九九七年四月十七日

令譽馳世界，壯歲奪鰲首，邀金獎、峨桂冠。　毫釐復膺法比殊勳，平素雕龍琢玉，繁榮桃李，學園恒展康莊道；

履跡遍神州，健毫甩犛尾，騁駱駝、護熊貓。　丹青盡狀人間萬象，於今駕鶴乘風，寥廓山川，藝史長存大漠情。

淑芳先生與作人師天上相會　二〇〇五年十二月二十六日湖州書

粵海吳江雙師傑，今宵滙聚銀河，天庭佳話傳千古

熊貓鳶尾百精靈，曩昔飛臨玉軸，藝苑綺珍譽萬方。

〔注〕蕭淑芳先生廣東人，吳作人先生蘇州人。

汪道涵先生鶴駕歸去　二〇〇五年十二月二十六日湖州

哀樂動八方，士庶競航峽海，明朝海晏，贏來一統興中華。

巨繩繫兩岸，平生重比泰山，今日山移，化作千橋聯島陸；

輓朱暢中學長　一九九八年三月十四日

暢意名山大澤，辛勤手擘宏圖，華夏衰疆添錦繡；　猶憶當年霧鎖嘉陵，有緣四載同窗，雅邀摯誼鏤金石；

中懷正氣清操，坦蕩胸羅翰府，魯班黌宇育英才；　方期來日雲騰荊楚，未卜一朝分袂，痛失知音薦降香。

〔注〕暢兄任清華大學建築系教授兼國務院園林小組研究課題。青年時與余在中央大學同好篆刻，組『閒社』。是年兄正邀余同赴湘鄂為名勝區遊歷並撰聯，竟未果。

輓郎靜山攝影大師　一九九五年四月十五日

世界宗師，十傑第一出龍鄉，永緬影壇泰斗，八方兩岸薦柟檀

中華人瑞，百齡晉五駕鶴去，長留鏡裏乾坤，萬水千山集錦綵

靜山大師於四月十三日逝世於臺灣大學醫院，係心肺功能衰竭，不治，一百零五歲。予二月間尚與郎翁步行臺北和平路並共餐也。四月十四日見報，十五日即書此輓聯寄臺北郎宅暨中華攝影學會

輓吳承硯學長（八月十八日晚十時餘逝世）　一九九九年八月二十日寄臺

海天睽隔，二度重逢，話不盡同窗摯誼；　嘉陵江畔，學子弦歌，遙念英姿蓬勃，丹青克紹家風，儷影松林長駐。半世紀

關渡樓中，良朋暢聚，邇觀彩筆絢爛，雅室蔚然藝苑，聲名寶島久彰。賴寧氛魚雁堪通，一旦永訣，意難申舊雨悲懷。

輓高冠華學長　一九九九年九月十四日

滇池皓月，蜀山濃霧，西泠湛水。　沐朝陽，經風雨，餐晚霞，燕都把臂，寒暑烟雲逾六秩；

勁竹瘦梅，老樹鳴禽，霜葉凝珠。　繼傳統，融古今，創新意，詩韻滌懷，丹青翰墨足千秋。

《沈行楷聯集》

緬懷

輓戴念慈學長　一九九一年十一月十八日

建築大師、建設部副部長。一九九一年十一月十二日逝世（百字聯）

匠心獨運，發揚東方精粹，中華氣派；刻意宇內，放眼寰球，現代古典，水乳交融；創高雅格調，宏樹豐碑三百丈，當世魯班，允推盟主；

臺閣早登，不失書生本色，學者風度；尊睦師友，繫情規尺，顚手沉疴，民艱維念；乃鞠躬盡瘁，長留廣廈千萬間，今朝杜甫，無愧平生。

敬輓時慧師母聯　二〇〇一年一月二十日左堯泣血

嘉陵峰峻，竹籬茅舍創奇跡，親炙光風猶如昨；平生追隨驥尾，痛思六十春秋，慈母垂懷，厚恩無極；

玄武波清，龍男鳳女振家聲，歡承萱室迄於今；經歲神遊瑤池，跨入廿一世紀，大師召喚，福壽全歸。

輓陳立夫先生（百字聯）　二〇〇一年二月十一日

立公二月八日晚於臺北逝世，享年一〇三歲

晨曦叱咤風雲，晚霞巨著輝煌，纍帙瑯環爍古今；燭遠闡微，繼往開來，國學遂淵自千秋。緬澹泊清廉，塵俗無爭，亮節高標百世仰；

拍岸波濤海峽，異地親情摯厚，飛鴻翰墨遍天下；睿思卓識，廣籲力倡，中華文化歸一統。維超壽期頤，人間錫瑞，壯懷遺願九州同。

緬懷　五一

緬懷　五二

輓李國鼎學長　二〇〇一年六月六日書寄臺北中央大學校友會

二〇〇一年五月三十一日逝世，享年九二歲（一九〇九——二〇〇一）

揚子奔騰，雞鳴起舞，東南學苑多俊傑，拔萃如君有幾許？

玉峰巍峙，海濤相聞，睿策哲人興寶島，盛名兩岸博雙贏。

輓胡一貫師　二〇〇二年二月六日

道德文章垂宏範　親情故土慰天靈

輓李承仙先生（常書鴻夫人，二〇〇三年八月二十八日辭世）　二〇〇三年九月三日

夢縈寶庫，脅侍長隨守護神，嘔心瀝血，功垂百世

駕返敦煌，飛天接引供養主，柑篆香花，配享雙龕

輓葉聖陶先生　一九八八年二月二十七日

期頤文宿騰龍去　華國詩魂駕鶴來

輓高士其先生（一九八八年十二月十九日晨六時半逝世）

爲造福人類犧牲自我，是真英雄，奉獻精神勵百世

要振興中華著作等身，皆大智慧，科普偉業足千秋

輓高士其夫人金愛娣

爲鞠躬盡瘁者鞠躬盡瘁，雙重奉獻　　是賢淑懿範中賢淑懿範，百世美名

輓李目白　　一九八三年十一月十二日

廿載深交苦樂與共君知我　　一朝永別音容難追我哭君

悼張白羽　一九八六年五月二十二日

知音百年事　　藝海一羽沉

輓馬漢生（新疆）　一九九〇年八月九日

正直熱情對待國家人民，天池懸明鏡
精誠心血澆灌科普藝苑，博峰綻雪蓮

輓滕校長若渠聯　此輓國立藝專校長滕固先生聯，約作於一九四一年，重慶

學貫中西，留得等身著作，惜金甌猶缺，竟湮沉蜀山閒水
典範群倫，栽就遍地桃李，似絳帳未寒，空悵惘湘雨滇雲

其二

今日巴中，不堪重睹雙江碧　　明年楚尾，自須相報九州同

《沈行楹聯集》

緬懷　　五三

緬懷　　五四

輓李德椿聯（同班學長）　約作於一九四三年中央大學

揚長碧海千峰，百柱金弦放歌牢落　　擺脫紅塵萬劫，一枝彩筆好寫虛無

之二

逢君天涯路，月未兩度圓，友情惠我深千尺
棄我地角邊，病中幾驚呼，熱淚哭君唯兩行

輓鄭公盾　鄭著有《科普述林》等書，爲先賢立傳，病革時猶電話告寫作計劃

七旬盡瘁，孜孜猶栽科普林，今日追隨前賢去
一息尚存，念念不忘案頭筆，此身原是著書來

附　贈于明（鄭公盾夫人）

于飛長相憶　　晚霞照眼明

輓宋步雲聯　一九九二年三月二十五日

嘉陵霧靄，六盤磅礴，鏡湖灝渺，長城內外，踏遍山川擷靈秀，藝思愈銳；
桃結實三千載，朱顏堪駐，懷玉吐珠，壯心不已，險疾猶臻毫耋，善者洵多壽。

油彩絢爛，水色溟濛，墨韻氳氳，聯壁中西，探窮精域煥丹青，逆境尤勤；
筆生花六十春，創業維艱，披肝瀝膽，仗義敢爲，絺袍倍念蘭馨，景行自永垂。妙

輓安娜夫人聯（一百零一歲）並書　一九九四年八月十八日王廷芳送滬

百歲堅貞不渝　情深瀛海　可歌可泣

兩邦友好無間　史遠漢唐　彌久彌昌

輓萬毅將軍聯（為瞿孟作）　一九九七年十一月十七日

華夏脊樑　英傑當年　敵寇聞風喪膽
雲天神箭　國威遠播　人民吐氣揚眉

〔注〕郭沫若日本夫人郭安娜病逝於上海，此聯懸於追悼會場靈前。

〔注〕抗日戰爭時，日寇有「不怕一萬，只怕萬一」之說，即指萬毅將軍。後輔聶榮臻元帥主持航天事業。

輓袁道平聯

驚聞靈耗，悲不能已，撫今追昔，百感交集，亟成斯聯，默禱於天。
二十一世紀第一元旦

允藝允文，命舛運蹇，滿腹經綸無一用，如璞玉化煙，未留痕跡遽然去；
同窗同事，風聚雲幻，平生摯誼凝千行，猶驪珠藏窟，偶觸玄機飄忽來。

輓卞德培（被命名為一小行星）　二〇〇一年一月十七日

銀漢一星落　天文百卷存

輓金志遠聯（替傳家及葉宗鎬撰）　一九八四年四月三十日

狂飆雕玉樹，痛憶生平風骨，胸懷磊落情意摯
急雨摧烟雲，忍觀筆墨遺韻，山色淒冷水聲悲

悼李丹小姑娘（代友人作）二〇〇一年十二月二十日

沈行楹聯集

花季年華，聰慧絕倫，文藝品行俱拔尖，悲歌一曲衝天去；
青春雕謝，率真明眸，稚音笑態似猶在，遺恨無窮入夢來。

緬懷　五五

緬懷　五六

贈聯

觀雞

呈胡一貫師

一腔熱血懷家國　貫日長虹繫海天　一九九四年二月書寄臺北

呈胡一貫師暨苑慧姝師母　一九九四年四月

一德春風儒道貫　慧心秋月壽齡姝

呈袁翰青夫子

翰墨有情師表頌　青松不老眾望歸

贈李國鼎學長（臺灣資政，中大校友會名譽會長）一九九三年六月十三日為中大北京校友會作

國有芝蘭香飄兩岸　鼎容庶物情繫一園

贈楊成武將軍　一九九三年五月十八日

成功萬里神州業　武耀千秋瀘定橋

贈華楠、劉航仉儷（總政治部主任）一九九〇年七月十二日

楠木參天堪作棟　航驪入海便成仙

贈華君武

君袂瀟灑金樽壽　武筆縱橫玉宇寧

贈汪道涵　一九九五年九月十一日海寧

道通兩岸哲人範　涵識千秋學者風

贈戴念慈學長、袁展文仉儷（建築大師、部長；醫學家）一九八九年一月十七日

念天下寒士，廣廈宏庇、藝高心慈　展人間鴻猷，甘霖普施、語妙錦文

贈朱暢中學長（清華大學教授，風景名勝區規劃）

暢叙舊誼嘉陵月　中賦新辭燕塞雲

又

暢觀天下奇景　中懷古道熱腸

贈張百發（北京市副市長）

百廢俱興幽燕換新貌　發憤圖強中華展雄姿

贈趙南起上將、林春淑仉儷　一九九五年三月二十二日

南山松柏起雲鶴　春花梅蘭淑玉堂

贈陳家墀學長、凌雅君仉儷

家學淵源，千丈崇樓丹堊玉砌　雅興遄發，百年馨室東君護花

贈陳嗣雪（雅範）學長　一九九一年五月九日

嗣唐繼蜀承尊範　雪潔冰清達大雅

贈李緒萱（人民日報記者、主編）
緒風三楚生花筆
萱草一庭錦囊詩

贈任明清、王淑琴伉儷
明淑千碑遊翰墨
清琴一室識知音

贈禹化興（鄭州畫家）
化融筆墨中西一體
興緒炎黃上下千年

贈廖秀冬（香港行政署及環境運輸及工務局局長）
南國青峰競秀
北天白雪耀冬
一九九二年七月二十一日

贈李德洙、朴春子伉儷（中央統戰部副部長）
德風千里漾洙水
春雨萬方沐子民
一九九三年六月三十日

贈何魯麗
魯山出海高千仞
麗日當空暖九州

贈曾海生將軍（總參辦公廳政治部主任）
海闊天空遨萬里
生機神煥壯三軍
二〇〇一年一月四日

贈曾慶洋將軍（軍事科學院）
慶瑞逢時韜略備
洋寬無際學淵深
二〇〇二年一月廿八日

贈聯

贈聯

沈行楹聯集

贈楊曉毅（北京市公安局政治部主任）
曉舞朱旌寧燕塞
毅剛紫霓衛中樞
二〇〇二年一月二十八日

贈李然喜（國防大學校務部衛生部部長）
然稱俊傑師雄健
喜展彤旗旭日升
二〇〇二年一月三十一日

贈張黎（總參政治部主任）
張帆滄海羅盤穩
黎庶神州樂業安
一九九七年二月二日

贈秦友元（總參三部幹部處長）
友連四海同袍誼
元選八方衛國雄
一九九五年一月十四日

贈田鶴年（中央統戰部副部長）
鶴壽松姿緣體魄
年豐物阜福黎元

贈李鐵兵（統戰部辦公廳副主任）
鐵骨丹心昌國運
兵書文翰繼家風

贈陳立夫老先生
立地頂天崇斗嶽
夫雄筆健著春秋
一九九五年二月臺北

沈行楹聯集

贈聯　　六一

贈聯　　六二

贈許禮平、李碧珊伉儷　一九九五年三月七日香港翰墨軒

禮軸雕龍平古籍　碧梧棲鳳珊瑚枝

贈關禮平（香港《大公報》副刊編輯）　一九九五年三月七日

禮樂詩書蘊妙筆　光風霽月聚良朋

贈吳羊璧（香港《文匯報》副刊總編輯）　一九九五年三月七日香港翰墨軒

羊錫嘉禾百粵秀　璧聯華翰一園春

贈趙振川（國務院臺辦）

振翮長空鴻鵠志　川流大海蛟龍游

贈史進前將軍　一九九五年五月二十二日

進軍躍馬雄風在　前域騰龍健筆生

贈朱維群（中央統戰部副部長）　一九九八年九月

德劭和風熙各族　洙清澄水潤永年

贈李德洙（中央統戰部副部長國家民委主任）　一九九八年九月二十五

維腔熱血忠忱紹　群彥歸心國祚昌

贈江澤中、楊淑英伉儷（郵電學院教授，電視臺）

澤弘捷訊傳中外　淑映熒屏咀英華

贈吳炳興將軍（總參三部政治部主任）

炳輝榮戟三軍肅　興盛旌旂六韜明

贈蕭貞堂將軍（總裝備部副部長）　一九九八年十二月一日

貞持神劍風雪際　堂運睿籌帷幄中

贈張岫、彭蔚雲伉儷　一九九五年十月二十一日

張瞻宏宇毓青岫　蔚蒼華堂燕紫雲

贈周運東（裝備研究所所長）　一九九六年二月二十九日

運昌旭日金星耀　東盛雄風鐵馬騰

贈徐文伯（文化部副部長）

文宗自古開昌運　伯樂於今識俊才

贈張小陽將軍（總參三部部長）　一九九八年一月廿七日

小試雕弓射柳葉　陽馳駿馬度關山

贈牟明濱

明燈運筆千行燦　濱海揚帆萬里程

沈行楹聯集

贈聯

贈卜慶君（總參測繪局政委）　一九九八年一月二十七日
慶兆神州疆域廣　君前榮戟旌旗飄

贈趙焱森（湖南省紀檢委副書記，省詩詞協會會長）　一九九八年八月二日長沙
焱炬熏風清治化　森蔭澄水滿詩情

贈徐文彬（屈原大學副校長，岳陽市政法局長）
文采風流雲夢澤　彬章氣壯岳陽樓

附　徐文彬贈沈左堯先生
左盤右蹙，筆走龍蛇雄且逸　堯天舜日，詩超物象巧爭新

贈陳中（湖南省紀檢委辦公室主任，醫生）
陳情橘井濟人術　中綻荷塘律世花

贈吳夢南（湖南省長沙市紀檢委書記，女）　一九九八年八月二日
夢攬芝蘭楚屈子　南承鐵腕女包公

贈周伯華（湖南省副省長）　一九九八年八月二日長沙
伯仲前賢衡岳峻　華滋黎庶瀟湘長

贈楊正午（湖南省省長）　一九九八年八月二日長沙
正風淨境芙蓉國　午晷晴空錦繡圖

贈袁偉將軍（軍事博物館館長）　一九九四年九月二十日
儒雅經文武　楚辭煥古今

贈鄭仕勳（新澤西州皇冠酒家）　一九九九年三月二十七日旅美
皇庭瓊宴聚賢仕　冠世粹珍立殊勳

贈彭衛平、王芬伉儷　一九九九年五月二日華盛頓州
衛夫星幟平故國　王者蕙蘭芬他鄉

贈朱文光、唐子仁伉儷　一九九九年五月二日華盛頓州
文明繼業光輝久　子學傳家仁義隆

贈朱成章、蘇世佳伉儷　一九九九年五月二日華盛頓州
成藝鏡開章構美　世賢堂暖佳辰多

贈洪良浩（臺灣《管理雜誌》主編）
良辰世紀南針指　浩氣襟懷北斗高

贈胡傑（總參謀長警衛參謀）
胡笳吹徹碉樓月　傑彥萃襄戎府光

本行大事记汇编

一九六四年八月二十日

一九六八年八月二日

沈行楹聯集

贈聯

贈田永清將軍（總參兵種部政委）
永固金湯空海陸
清聞玉韻琴棋書
二○○一年五月一日

又
永固金湯綱絜領
清馨翰墨兼文

贈蕡新琦（總政軍事法院院長）
新猷世紀金徽耀
琦鏡明堂鐵面公

贈高俊良（中宣部秘書長辦公廳主任，陝西人）
俊彥秦川懷往哲
良辰燕塞聚今賢

贈邢世忠上將（國防大學校長）
世紀鴻圖盛華夏
忠忱虎帳崛雄才
二○○○年六月廿五日

贈孫鳳山少將（軍委辦公廳第一副主任）
鳳集梧桐聲繞闕
山榮松柏榦凌雲
二○○○年六月廿五日

贈楊信宏少將（寧夏軍區政治部主任）
信達古今懷韜略
宏觀南北暢文思
二○○○年六月二十五日

贈陳元（國家開發銀行行長）
陳開宏業興邦策
元發良機富民功
二○○一年一月四日

贈李曉華（華達投資公司董事長）
曉籌首報超千紀
華夏頻昇薄九霄
二○○一年一月四日

贈趙化勇（中央電視臺臺長）
化育焱屏遍廣域
勇超天幕蓋環球
二○○一年一月二十六日

贈郭伯雄上將
伯仲千秋懷大略
雄風萬里保金甌
二○○一年五月十六日

贈吉炳軒（中宣部副部長曾任中央電視臺書記）
炳燁文章播海嶽
軒昂器宇立星球
二○○三年二月五日

贈裴懷亮將軍（國防大學校長）
懷縈祖國興戮略
亮被葳林育棟材
二○○三年二月五日

贈房峰輝將軍（集團軍軍長）
峰高五嶽風雲驟
輝耀三軍氣勢雄
二○○三年二月五日

贈彭鋼將軍（軍紀委副書記）
彭風鯤直芳千古
鋼翼鷹揚靖九天
二○○三年二月五日

【主要著作集】

主編　曹鵬
次正

沈行楹聯集

贈聯

贈蘇旭光將軍（航天科技）　二〇〇四年一月十六日
旭日經天飛巨箭　光環繞地仰神舟

贈王永生將軍　二〇〇六年二月二十一日
永固金湯彰策略　生輝鐵筆著文章

贈周小燕（音樂家）　二〇〇六年二月二十一日
小試金絃引鳳曲　燕歸玉屋繞梁聲

贈張建一（歌唱家）　二〇〇六年二月二十一日
建樹環球音域闊　一心華夏梓情濃

贈汪光燾，王靜霞伉儷（建設部部長）　二〇〇六年三月十四日
光芒六合一心靜　壽惠八方萬道霞

蹈靳羽西　二〇〇二年二月二十五日
羽衣曼舞臨風起　西鏡靚妝照影來

贈沈利華（海寧市宣傳部長）　一九九三年五月十三日
英姿媲爐辭鋒利　縹帙琅環墨瀋華

贈顧克凡（海寧市統戰部長）　一九九三年五月十三日
統戰戰無不克　修文文采非凡

贈聯

贈沈雪康（海寧市委書記）　一九九三年五月十三日
江潮湧瑞雪　金石卜壽康

贈孫奇珍（新余市委書記）
奇材異質皆作棟　珍寶煥彩飾爲樑

贈章琳（新余市博物館）
玉笛飛聲思愈古　林花吐艷香倍清

又
玉潔冰清君子性　林葳花蕤藝苑情

贈章國任（配牡丹中堂）　一九九三年十二月九日
國色天香來筆底　任重道遠達峰巔

贈甘自敏（新余市委宣傳部長）
自栽芳草清一室　敏傳佳音到萬家

贈蕭慶文（新余市科協秘書長）
慶功歡躍崗山赤　文采風流贛水長

贈李振盛、祖瑩俠伉儷（攝影、記者）

振翮碧空，鏡瞰人間盛概　　瑩晶白雪，筆開世上俠風

一門詩禮傳忠孝　　五嶽煙雲任遨遊

贈蔣孝遊（畫家）　一九九〇年十一月七日硤石

旅結同心北天雲雁　　雙飛比翼南國爭榮

贈張雙榮、何旅雁伉儷

瑞馨蘭室金弦琴瑟　　孟晉杏林玉函良方

贈林孟良、張瑞琴伉儷（醫生、編輯）　一九九〇年九月十二日

家鳴鸞鳳聚賢士　　于擅詩文寫真情

贈喬家賢、于真伉儷（養雞專家、作家）

廣採博綜，巧融南唐後蜀　　明觀細察，妙寫花卉翎毛

贈王廣明（花鳥畫家）　一九八六年八月二十四日

問道君家伉儷篤　　鳳歌鸞舞奏玉琴

贈呂道君、耿玉琴伉儷

文粲德輝胸蘊琇　　廷寬識廣室含芳

贈王廷芳、徐文琇伉儷　一九九〇年八月九日

嘯傲山林　佳構千章藏寶笈　　原容湖海　邃淵百丈貯經綸

贈陳嘯原

沈行楗聯集

贈聯

贈聯

楊柳依依花前月下　　洋風習習天上人間

贈楊洋畫展展紀念　一九九六年九月三日

悅水樂山　睿思華藻　雲飛南浦　　今風古意　麗彩清芬　花綻春榮

贈楊悅浦、孫今榮伉儷（畫家）

開簾極目　彩雲南現　墨韻呈祥　　乃厦遂心　紫燕北翔　夕霞耀光

贈盧開祥、張乃光伉儷（畫家）

榮木千章崇山疊翠　　來鴻一字妙筆生花

贈鄭榮來（人民日報編輯，文學家）

至真處世，摯誼遍天下　　善美返思，華圖映神州

贈程至善（新華社攝影記者）

孟德詩老驥伏櫪，休計川逝　　靜觀書春蠶抽絲，自匯溪清

贈魏孟川、徐靜溪伉儷（中國科協、婦聯老幹部）　一九九〇年六月十五日

武中奇篆刻

沈行楹聯集

贈聯

贈司宏偉（嘉興市科協，曾去北大荒）　一九九〇年十一月六日長安
宏圖北國馳駿馬
偉業南天翔健鴻

贈丁士選（嘉興科協普及部長兼科技報主編）　一九九〇年十一月
士林風骨波瀾筆底
選玉隋和翰墨班頭

贈方柏初（白帆，科技報編輯）
豪情千丈長青松柏
詩酒一杯摯誼溯初

贈徐建國（海寧市宣傳部副部長）　一九九三年五月十三日海寧
建樹今朝花爭發
國風來日曲遠揚

贈許如鑑（新余政協主席）　一九八五年十一月六日新余
如兄如弟廣團結
鑑是鑑非諳民情

贈曹錫甫（新余人大主任）
錫福人民勤晝夜
甫興廣廈矗雲天

贈凌浩（新余市長，新余為鋼都）
凌霄高爐紅霞色
浩氣長空碧雲天

贈舒培道（林業局長）
培育千山無邊綠
道行百里總是紅

贈聯

贈胡先敏（文化局長）
先鞭彪炳興文化
敏目清朗識人才

贈吳立山（文化局副局長，攝影家）
立意構思尋勝去
山色湖光入影來

贈熊世俊（市府秘書長，集郵家）　一九八五年十一月十六日新余
世事辛勤建民樹
俊逸餘緒賞郵花

又（刻鋼筆）
世間美酒皆知己
俊逸珍郵是良朋

贈郭振華（市人大、前財政局長）
振衣磅礴迎朝日
華夏巍峨燦晚霞

贈余國楨（人大辦公室主任）
國强民樂鴻圖千載
楨縱樑橫廣廈萬間

贈宋敦勳（人大秘書長）
敦和瑞徵生邦國
勳業祥雲慰黔黎

篆刻纪录

韵语　韵语

韵语百里鹭景至　首行百里鹭景至

观书高翥正画句（林业品身）　书录身空磐云天

观岌者（德余市身，德余威陪攞）　一九八五年十一月六日镌余

观祥砥盛（德余起善王希）　一九八五年十一月六日镌余

殿前人刁谩畫夜　由兴萠夏蠡云天

观曹恩珀（德余人大生壮）

欧兄眼衆夏團岌　蟲昙耘非普刁衎

载韩令庫尹軍祭　圆凰来日曲轍瑶

观谷载圆（感荤市宣教隔谱身）　一九六三年五月十三日镌窗

衮衢午夫身青谷哳　楮酉，一林肇道嗮酉

观忒洧吗（百酥，林敌肄睡玊猛）　一九七〇年十一月

士林風魯跡箪淤　觳汪劍味韓罷相庫

观丁十翳（嘉兴林敌普氏语身兼林敌麻玊猛）　一九七〇年十一月

观酒洈革雪（嘉兴市林敌，曾夫狱大荒）　党荣畐夫鳞韬猷

送圆沝圆蛬镘贶　

观酒洒革雪（嘉兴市林敌，曾夫狱大荒）　一九七〇年十一月六日身安

沈行楹聯集

贈胡元洪（新余博物館館長）　一九八六年六月新余

元氣珍護國粹　洪流澎湃神州

贈李逢春（文化局）

逢盛世一身是勁　春爛漫百花爭芳

贈鄧惠清（江西日報記者）　一九八五年十一月十七日新余

惠風和暢春爛漫　清流激湍韻鏗鏘

贈傅慈祥（新余政協副主席，民盟主委）

慈音諄諄動海外　祥雲靄靄暖神州

贈宋載陽（林業局工程師，桐鄉人）

載道芬芳浮丹桂　陽光和煦潤青松

贈黃均民（園林處長）

均衡朱碧花枝茂　民安勞逸心扉開

贈張繼禮（文化局藝術科）

繼承傳統創新意　禮尊群賢有古風

贈黎自立（新余報攝影記者）

自然春色來天地　立刻風光入畫圖

贈陳伯程（秘書，文聯，木刻家）

伯仲間文章繪事　程式中氣韻精神

贈瑪珍（小客房服務員）

瑪瑙紅顏青春久　珍珠白潔玲瓏圓

贈唐美華（服務員）　一九八五年十一月新余

美目盼兮　華裳麗也

贈徐瑞湘（小客房服務員）　一九八五年十一月

瑞芝分外秀　湘蓮別樣紅

贈王曉陽（北京晚報記者）　一九八五年十一月新余

曉色晴嵐映紫陌　陽光雨露育青苗

贈趙樹民（《科學詩刊》副主編）

樹人百載仲尼業　民瘼千年子美詩

贈楊世清（陝西科協普及部長）　一九八七年一月西安

世上風雲馳征馬　清分涇渭見真金

贈聯

贈聯

《沈行楹聯集》

贈聯

贈李平（青海科協）　一九八七年一月

青海青年丹青手　紅花紅葉獻紅心

贈謝琦（西安少年宮主任）　一九八七年一月

新意華墨驚四座

贈新安（少年宮）　一九八七年一月西安

栽樹育蕾琢美玉　品文賞墨聚珍奇

贈杜存武（陝西科協）　一九八七年一月西安

存心共創藝苑業　武文皆作濟世才

安得風雲翔八方

贈徐崇遂（青海科協）　一九八七年一月八日西安

崇閣自須匠心運　遂意每得鏡頭妙

贈吳庚豐（陝西科協）　一九八七年一月八日西安

庚換星移著勞績　年豐人壽兆吉祥

贈范山泉（陝西科協）　一九八七年三月十一日西安

山色迷濛古道柳　泉聲清澈新園花

贈黃高萍（西安市委秘書）

高山雲腳無塵跡　萍水天涯有知音

贈敖年生（司機，滬人）　一九八五年十一月九日新余

年年乘風馳萬里　生生不息愛四方

贈湯壽根

壽登嘉域風華久　根入沃壤花草繁

贈樊德康（南昌畫院院長）

管鮑流風友貴德　丹青冶性壽而康

贈何乃仁（南京汽車廠廠長）　一九九一年十月南京

乃播茂草蓄金馬　仁結芝蘭會石城

附　何乃仁回贈聯　左傳著熟乃作枕　堯舜愛民仁先行

贈高士龍、沈鏡明伉儷　一九九一年十月三十日南京

士傍震澤龍蟠地　鏡對修川明月天

贈嚴昭

嚴寒馨雪蕊　華藻麗班昭

贈沈家傑、李輝（彬如）伉儷　一九九二年一月

《沈行楹聯集》

家風仁厚男英傑　彬質文辭女相如
贈高志其　一九九二年一月二十六日

志繼椿萱，妙筆睿思，神游象外　其昌國祚，繁花彩霞，情寄天邊

亮嗓崇山峻岳　韻姿舞春鳴秋
贈孫岳、李韻秋伉儷（京劇表演藝術家）　一九九二年七月

贈馮吉鑫、石津生伉儷（美術、醫生）　十月七日

吉兆頻臨藝程鑫運　津梁可渡醫道生輝
贈孫占祺（北醫大外科主任）　一九九三年十一月

占兆醫林飛柳葉　祺祥無影照蒼生〔注〕《柳葉刀》(The Lancet)為世界著名外科雜誌

馥鬱梅花傲冰雪　錚錚鐵骨貫中西
贈孫錚（孫占祺女，加拿大醫生）　一九九三年十一月一日

贈楊靜、于洋伉儷（導演、演員）

楊柳千絲，碧絡輕盈湉靜　于飛萬里，銀屏恣肆汪洋
贈蔣新華（長沙鐵道學院副院長、光譜分析專家）　一九九九年九月二十一日

新譜微觀探物奧　華光宏概照途遙
贈聯

贈車俊有（牙醫）　一九九九年十一月八日立冬

俊行真率良朋聚　有道精湛仁術神
贈熊明（北京設計院院長）　一九九九年十一月十七日

熊焰古都金闕耀　明時新構玉樓宏
贈曾孝濂（科學畫家）　一九九八年三月二十一日

孝道赤烏羽翼麗　濂溪碧水林花馨

贈守倫、宜元

宜室宜家元氣足　守成守業倫綱明
贈常治國（楹聯學會副會長）　一九九七年九月三十日

治學娜嬛窮萬卷　國風翰墨足千秋
贈王康樂（畫家）　一九九七年三月十九日

康寧耄耋筆尤健　樂逸丹青韻自高
贈張長喜（中宣部秘書處，學航空）　一九九七年三月二十三日

長空振翮凌雲路　喜鵲登梅環宇聲
贈王臨安　一九九七年四月一日

寶針垂露心懷潔　嘉禾串珠指運偉

贈王輔民（對外文委、氣象局）　一九九三年十一月十五日

輔弼邦交遍世界　民安福祉測風雲

贈耿飆（老年書畫會會長）壽誕　一九九三年八月二十一

壯歲風雲心跡耿　耄齡翰墨毫端飆

贈祖榮（浙江省佛協秘書長）　一九九七年六月十七日杭州中天竺

皈依崇佛祖　普渡達達繁榮

贈蔡學仕『蘭花碑廊』　仕德千廊翰墨緣

學淵萬卷芝蘭性

贈舒貴發

貴友戎馬肝膽照　發憤詩書翰墨香

贈高福舉　一九九三年十一月二十四日地壇

福祉爲民長樂業　舉毫落紙起蛟龍

贈王化鵬（北京天德經貿總公司經理）

化展經綸璇寶地　鵬飛南北彩雲天

贈聯

贈聯

沈行楹聯集

贈崔玲娣（地壇醫院護士）　一九九三年十二月九日

玲瓏鳴美玉　娣姒睦馨家

贈冷傳訓（王府飯店運輸部）

傳花擊鼓豪華宴　訓捷飛輪錦繡程

贈蔣都楠（蘇州石工爲余刻『吳作人藝術館』碑）　一九九四年一月八日

都邑鑴碑鋒淬勵　楠檀構屋勢崢嶸

贈張金珩　一九九四年二月

金鐘樂奏昇平日　珩珮書香君子風

贈周東飛　一九九四年二月一日

東風催發花爛漫　飛雪粧成玉玲瓏

贈張曉光

雄雞昂立東方曉　駿馬奔馳北國光

贈孫明清

明察秋毫理萬事　清瑩春水潤千家

贈石書田　一九九四年二月二十三日

【大事年表】

沈行楹聯集

贈聯

贈聯

書篋千層建樂土　田園萬畝起高樓

贈許石清（中大校友，聯合國工作）　一九九四年四月十三

石爛海枯懷北國　清輝日暖麗南天

贈周强、王濤伉儷（地質、管理）

周探地寶稱强手　王道人倫諧濤聲

贈農基、芝安　一九九四年五月七日

農企豐登邦基固　芝蘭馥鬱宅安康

贈胡文成

文融萬卷詩詞癖　成惠千家信息通

贈續耀珠（山西人）

恒岳山青星斗耀　汾河水碧驪龍珠

贈李青田

春光爛漫前程錦　田野葱蘢庶物豐

贈湯文才

文風煦日春光駐　才德寧家樂事多

贈戴鐵民（海寧明珠集團廠長，總經理）

鐵鎖瑞開盈寶庫　民生利導達康莊

贈王桐如（同上工程師）　一九九四年九月十一日

桐蔭疊翠枝棲鳳　如火熔金業騰龍

贈胡天佩　一九九四年十月八日南京

天分卓穎前程遠　珮玉玲瓏福澤長

贈范賢彪　一九九四年十一月二十日上海

賢俊如雲歸海上　彪風傲月起江濱

贈蔣建東（海寧市委副書記）　一九九四年十一月二十八日海寧

建瓴高屋觀南北　東海巨潮盛春秋

贈張國良（烟臺房地產公司總經理）　一九九四年十一月二十八日

黃海金浪湧北國　藍天碧瓦起樓良

贈孔憲鵬（同上副總經理）　一九九四年十一月二十八日

憲章宏基千秋業　鵬翼健翔萬里程

贈高常篤（人民日報海外版主任記者）　一九九四年十二月二日

武行詩聯集

常觀海日淋漓筆　筠奏清音鏗鏘聲

贈巴淑萍（人民日報記者）　一九九四年十二月二日

淑氣燕京文翰捷　萍蹤華夏錦程長

贈孫咸茂（四〇一醫院副院長）

咸承橘井春風暖　茂植杏林甘露繁

贈盛景春、卜桂鳳（青島石油化工廠副廠長）　一九九四年十二月十一日

景雄銀塔陽春麗　桂馥金橋彩鳳翔

贈李裕明、李惠玲伉儷（香港）　一九九四年十二月二十四日

裕豐四海耀明鏡　惠澤八方見玲瓏

贈金永祥、古桂金伉儷（臺北中華電視臺臺長）　一九九五年一月十七日

永耀熒屏獻祥瑞　桂芳瑤島爽金風

贈黃幼濱（海寧同鄉）　一九九五年二月七日臺北

一家親敬老慈幼　兩岸情潮聯海濱

贈姚愧三（曾從軍抗日，現辦兒童福利社）　一九九五年二月臺北

衛祖國平生無愧　愛兒童德範有三

《沈行楹聯集》

贈聯　贈聯　八五　八六

贈盧玉蓮　一九九五年二月臺北

亭亭立玉樹　步步生蓮花

贈楊冠宇　一九九五年二月臺北

冠峙群峰瓊島麗　宇開國學文運昌

贈倪胤超　一九九五年二月臺北

胤裔炎黃同兩岸　超民華夏興千年

贈陸兆友（印刷廠廠長）　一九九五年二月臺北

輪轉千行印吉兆　笈飛兩岸會良友

贈徐漢章

戎衣披鐵漢　健筆著文章

贈劉先雲、焦韻清伉儷（臺灣前教育廳長、國策顧問）　一九九五年二月臺北

先驅雲鶴秉玉尺　韻墨清泉伴蒼松

贈張蓬生、吳桃源伉儷　一九九五年二月八日臺北

桃花源裏千般美　蓬勃生機百業興

又　一九九五年四月二十一日

蓬萊仙境生機旺　桃李春風源水長

靜觀宇宙開明鏡　山仰奇峰壽國祥

贈郎靜山（攝影大師，一百零五歲）　一九九五年二月十二日臺北

學富五車疑義哲　禄延百世懿行賢

贈孫祿賢、葉學皙伉儷　一九九五年二月四日臺北

承振家風礪硯石　淑專藝苑宜子孫

贈吳承硯、單淑子學長伉儷　一九九五年二月十四日臺北

建振明時金樞鈕　夢迴清曉玉玲瓏

贈周建樞、王夢玲伉儷　一九九五年二月臺北

鵬圖飛越微觀域　甘露孃馨宏敞家

贈張鵬飛、甘孃伉儷（電子學博士）　一九九五年二月臺北

巽言黌舍懷懿範　復證藝文見古風

贈陸巽復學長　一九九五年二月臺北

清瑩鏡透嘉陵霧　澄澈心連海峽友

贈汪清澄學長（中央大學校友會副總幹事、記者）　一九九五年二月臺北

《沈行楹聯集》

贈聯

贈聯

惟種蓮根心即佛　誠書貝葉墨飛花

贈釋惟誠　一九九五年二月十九日臺北

冠選芙蓉佳石萃　之鑴篆籀藝林珍

贈陳冠之（佳藝公司女主人）　一九九五年二月臺北

釪盈雅室佳思贈　倩對青山麗景坤

贈陳釪贈、陳倩坤伉儷（設計師）　一九九五年三月臺北

楊施雨露珠衡茂　宗惠春風玉璧光

贈楊衡、劉宗璧伉儷　一九九五年三月臺北

坤容萬物中西貫　玄理千章今古通

贈丘坤玄博士　一九九五年三月臺北

進境丹青域　發家金玉堂

贈蕭進發（臺灣畫家）　一九九五年三月三日臺北師範大學

芸草香千里　生花筆一支

贈葛芸生（廣州電視臺總編導）　一九九五年三月十八日

贈周萍（新華社《百家姓》總製片人）　一九九五年三月十八日

大書畫家錄

周匝山川麗　萍蹤錦繡長

贈王朝彬　一九九六年元旦

朝迎旭日征帆遠　彬啓郎環學海深

贈李洪山、馬志琴伉儷　二〇〇六年四月八日湖州

洪圖秋艷西山葉　志駐春光五琴弦

又

洪波湧起山巒峻　志趣相投琴瑟諧

贈高寄語、梅光伉儷

寄情詩苑花間語　梅韻春風月下光

贈逯國勝　一九九六年七月

國粹千秋重抖擻　勝遊八極更從容

贈袁清林　一九九六年七月廿一日

清泉瀉玉千壠翠　林月漏光萬葉詩

贈朱子錚、江一伉儷　一九九六年七月二十一日

子夜錚鈴震　江天一雁飛

〈沈行楹聯集〉

贈聯

贈聯

八九
九〇

贈薛正安、邊桂華伉儷　一九九七年二月八日

正心誠意恒安業　桂馥蘭馨滿華堂

贈許作立　一九九八年五月

作厦千間藏瑰寶　立梯萬仞上重霄

贈林永裕　一九九八年五月七日

永暢晶卮飲玉液　裕舒雪箋揮銀毫

贈丁鋒、魏蘭伉儷　一九九八年五月九日

丁興國旺鋒劍利　魏紫桃黃蘭麝香

贈王修智（山東省委宣傳部長）　一九九八年五月二十日

修文齊魯先華夏　智纂春秋緒汗青

贈趙毅敏、徐秀鳳伉儷　一九九八年八月十二日

毅攀寶塔敏思壽　秀出杏林鳳來儀

贈陳國興、李荷力伉儷　一九九八年八月十二日

國本文粲興祐久　荷風馥遠力描工

贈曾憲七、何劍平伉儷

憲循粹藝天重七　劍礪穎鋒地砥平

贈徐重慶

重巒疊嶂銀屏麗　慶兆徵祥震澤澄

贈應忠良（海寧市長）　一九九九年八月八日

忠忱鄉國鴻猷策　良弼明時儒雅情

贈金富榮（副市長）　一九九九年八月八日

金湯永固黎元富　銀浪長高德業榮

贈張煒芬（海寧市宣傳部長）　一九九九年八月八日

煒煜琉璃開廣廈　芬芳茉莉播清風

贈梅光赴美（其孫女彭小飛）　一九九八年七月九日

梅開五福，光照兩洲　小試鳳雛，飛騰九霄

贈彭小飛印銘（麻省理工學院）　一九九九年八月十四日

小試鳳翼翔美陸　飛奪金獎越劍橋　〔注〕曾獲數項數學等金盾獎章

贈王述坤、戎京景亢儷　一九九九年八月廿九日

述言雋永乾坤大　京兆繁華美景多

【沈行楹聯集】

贈聯

贈聯

贈彭和平（人民大學校長長助理）　一九九九年八月

和風化雨萌才俊　平地春雷起蟄龍

贈楊格非（九十歲）　二○○○年六月五日

格物於今登壽域　非攻自古貴和平

贈李牧（中宣部文藝局局長）　二○○○年六月廿七日

李吟明月開金關　牧賦樓臺接野村

贈翟衛華（中宣部宣教局局長）　二○○○年六月廿七日

衛道清風馨萬里　華滋睿識啓千年

贈王有傑（河南省委常委）　二○○○年六月廿七日

有史文明溯上古　傑風宏略看今朝

贈鄒德威（三○六醫院骨科專家）　二○○○年八月十五日

德馨橘井群黎壽　威信杏林仁術高

贈王一炬、孫智勇伉儷赴溫州　二○○○年八月二十日

一往炬明歸雁蕩　智隨勇唱辭燕都

贈馮蘭卿（兵種部第三管理處政委、大校）　二○○一年一月廿二日題冊頁

蘭麝芬芳君子性　卿雲燦爛英雄風
贈王敬亭（兵種部第三管理處攝影家）二〇〇一年一月二十二日題冊頁

敬業宏文歸史冊　亭開明鏡攬風光
贈徐漢清（中央警衛團大隊長）二〇〇一年一月二十六日

漢闕丹墀獅虎踞　清風碧瓦燕鷹翔
贈吳秀芝（中醫博士）二〇〇一年一月廿九日

秀竹搖曳臨橘井　芝蘭芳馥出杏林
贈陳立春（人大會堂餐廳經理）二〇〇一年一月二十九日

立德華堂開盛宴　春風瑤殿迎嘉賓
贈田玉平（北京市臺辦）二〇〇一年一月卅一日

玉山海峽連東岳　平野天陲向北宸
贈程莘農院士（中醫）

細莘益智開丹竈　神農壽世傳青囊
〔注〕中藥細莘又名細辛

贈居雲峰　二〇〇一年三月十五日

雲龍五福開祥瑞　峰鵬千羽展遠程

沈行楹聯集

贈聯

贈聯

贈居雲峰、胡秀春伉儷　二〇〇三年一月十二日於仿膳飯莊

雲山萬疊峰光峻　秀水一泓春色妍

贈邊凱、周貴雲伉儷　二〇〇一年三月十九日

邊塞從戎曾奏凱　貴鄉衍慶卜青雲

贈王天一　二〇〇一年四月廿八日　天一兄畢生從事科普成果斐然，而歷盡坎坷，耄耋猶健。

天長日久人心見　一意辛耕碩果存

贈李飛、薛文伉儷　二〇〇一年四月二十八日

李花似雪飛詩韻　薛草含香文翰情

贈沈振翮、高陶伉儷（歌唱家、作家）二〇〇一年六月二十二日

高標碩學清華士　長拂和風瀟灑筠

贈高士、吳長筠伉儷　二〇〇一年五月五日

振玉金聲鵬展翮　高文雋筆書冶陶

贈陳金鳳、高林生伉儷（科普出版社、百科全書編輯）二〇〇一年六月三十日

陳言務去金雕鳳　高論贏來林懋生

贈王洪、蕭智吟伉儷　二〇〇一年七月十九日

王者之香洪致遠
蕭然乃智吟揚清

贈趙謙森、匡飛娟伉儷
謙益丰神森蔚藝
飛翔琅苑娟蒔花

贈湯壽根、陳光莉伉儷　二〇〇一年七月十九日
壽域堪登根海晏
光風曼拂莉花馨

贈唐正本　一九九六年二月十九日篆
正承擷丹青意
本固枝榮翰墨情

贈唐正本、宋寶玲伉儷　二〇〇一年十一月十八日
正意常新循藝本
寶緣不老聞懿玲

贈宋寶玲（唐正本夫人）二〇〇二年一月六日
寶賞金箋影
玲瓏玉佩聲

贈應利康、華小萍伉儷（海寧賓館董事長，總經理）二〇〇二年五月廿二日海寧
小試彎弓萍射月
利開巨厦康登雲

贈楊偉東、姚利娟伉儷　二〇〇二年六月一日海寧賓館
利群巾幗多娟秀
偉業珍饈彰東方

沈行楹聯集

贈聯

贈聯

九五
九六

贈沈旭東（湖州電視臺攝影記者）二〇〇二年七月廿一日湖州浙北大酒店
旭日雲霓開彩鏡
東方影視綻繁花

贈沈美萍（湖州對臺辦）二〇〇二年七月廿一日
美意千秋思運巧
萍蹤兩岸喜相逢

贈沈振建（湖州市委宣傳部，沈約後裔）二〇〇二年七月廿一日浙北大酒店
振衣高崗繼沈約
建樹名城彰雪齋

贈楊仁爭（湖州市委書記）二〇〇二年七月廿三日
仁政清明民意愜
爭鳴嘹亮氣概雄

贈陳永昊（湖州市委宣傳部部長）二〇〇二年七月廿三日
永耀文風興苕雪
昊臨史翰宣湖州

贈沈夢月（湖州市委宣傳部文藝處長）二〇〇二年七月二十三日浙北賓館
夢迴瑤殿雲猶繞
月照梅林蕊更香

贈沈震林（江南工貿集團公司董事長，總經理）二〇〇二年七月廿四日
震波創業江南盛
林樹繁枝浙北榮

贈姚成榮（湖州師院黨委書記）二〇〇二年七月廿四日

沈行楹聯集

贈王紹仁（湖州師院副院長，南大天文系畢業）　二〇〇二年七月廿四日
成賢絳帳開苔雪　榮聚青衿甲楚吳

贈胡璋劍（湖州師院院長，數學家）　二〇〇二年七月廿四日
紹緒楚辭三千問　仁繼碩學六朝松

贈楊柳（湖州師院副書記，中文，能詩）　二〇〇二年七月廿四日
璋圭遙測無窮大　劍鍔劈開有量微

贈孫新耀（湖州師院副院長，物理教授）　二〇〇二年七月廿五日
楊花飄散漫天雪　柳葉垂曳遍地詩

贈周家健（湖州師院副書記，哲學，歷史，法律）　二〇〇二年七月廿五日
新探納米微觀域　耀矚激光宏宇風

贈朱禮敏（體育家）　二〇〇二年七月廿五日
家儲萬卷文史哲　健容千律準繩篇

贈王增清（湖州師院圖書館館長，中文）　二〇〇二年七月二十五日湖州浙北大酒店
禮儀德備文允武　敏捷身姿能且康

贈聯
贈聯
贈襲景興（湖州師院圖書館副館長）　二〇〇三年十一月十六日湖州師院專家樓
增益瑯環構石室　清貯縹帙度金鍼

景勝江南文采地　興濃浙北學淵風

贈徐新（湖州師院宣傳部長）　二〇〇三年十一月二十二日
徐拂清風傳捷訊　新施化雨潤菁英

贈朱全德（湖州師院辦公室副主任，善歌，海寧人）　二〇〇三年十二月廿日
全神浩氣金嗓子　德緒家風銀雪潮

贈林錦江（湖州師院副書記，部隊出身）　二〇〇三年十二月二十日
錦耀戎裝豪襄日　江流黌宇澤今朝

贈任偉生、朱彩仙伉儷（軍人，學書法）　二〇〇二年十一月十三日
偉功犖卓生雄略　彩墨氤氳仙逸書

贈柏淑華、王波海伉儷　二〇〇三年三月二十七日
淑德華堂冠蓋集　波濤海嶽虹霓生

贈齊仲（生平）　二〇〇三年七月二十八日
齊歷風霜堪伯仲　同抒胸臆慰生平

贈葉小文（國家宗教局長湖南人）　二〇〇三年七月卅日

小蘊須彌觀世界　文容萬象興中華

又　二〇〇六年八月廿六日

小試岳陽千古筆　文通翰苑萬卷書

贈王凱、莫紀嵐伉儷　二〇〇四年二月廿三日

王道仁術杏林凱　紀元殊藝幕紗嵐

贈隋書坦、王雍伉儷（軍人，企業家）　二〇〇四年二月二十三日

王凱大夫為余作眼部手術精極，憶當年紀嵐之母張權學長唱『茶花女』風靡南北，並世所希，乃成斯聯。

書劍情懷長坦蕩　王蘭氣度自雍容

贈一誠大師（中國佛教協會會長）　二〇〇四年二月二十九日

一德彌天祈國祚　誠心匝地感生靈

贈延可法師（一誠之秘書）

玉駕馳雲路　忠忱接雨花

贈張玉忠（佛教協會一誠之司機）　二〇〇四年二月二十九日

延書千葉貝　可渡一葦航

贈劉廣遠（劉邦七十七代孫，沛縣宣傳部長）　二〇〇四年三月十三日

廣啟新風盛　遠承漢祚光

沈行楹聯集

贈聯

贈聯

贈遲淑靜大夫（北大醫院幹部門診）　二〇〇四年三月十九日

淑而懷仁施雨露　靜以致遠達峰淵

贈劉凱、祝永華夫婦（軍事科學；作家）　二〇〇四年三月二十九日

劉懷韜略常膺凱　祝蘊珠璣永咀華

贈曹唯哲（廣東企業家，來北京再創業）　二〇〇四年六月二十九日

唯發嶺南馳駿馬　哲通燕北起蛟龍

贈曹唯哲、張習文伉儷　二〇〇四年九月十六日

唯誠唯信昭思哲　習禮習賢源毓文

贈薄俊慧（老幹部辦公室主任，學高分子）

俊眼控微分子奧　慧心煥彩夕陽情

贈張旭、爾丹情侶（舞蹈家）

張翼臨風旭日舞　爾裳旋幕丹霞飛

贈楊德才、于津伉儷　二〇〇四年十月十二日大興

德馨筆墨遊於藝　才儁風華渡津梁

贈吳傑（女，港深貴聯集團董事局主席助理）　二〇〇四年十月十二日大興

沈行楹聯集

贈聯　　一〇一
贈聯　　一〇二

吳天南國鴻猷貴　　傑地北鄉駿業聯

贈王鵬大夫　　二〇〇五年三月十日復興醫院

王道術精源睿識　　鵬程翼勁上重霄

又贈王鵬、孫莉伉儷（護士）　　二〇〇五年三月十日復興醫院

王仁遠學鯤鵬舉　　孫愛親情茉莉芳

贈張甯（幹部病區主任）　　二〇〇五年三月十一日

張弓射月清光滿　　寧室栽花醫德馨

贈席修明（復興醫院院長）　　二〇〇五年三月十一日於復興醫院

修文修德光華廈　　明道明醫譽首都　　〔注〕復興醫院屬北京首都醫科大學

贈劉江（小湯山療養院院長）　　二〇〇五年六月二十六日小湯山

劉阮天台攬勝景　　江山地寶湧溫泉

贈汪培力大夫（小湯山療養院副院長）　　二〇〇五年六月二十六日

培德醫林啟玉匣　　力行仁術度金鍼

贈張立才（徐州教師、書法家）　　二〇〇五年六月二十六日

立德立言升絳帳　　才高才捷寄金箋

贈王萬良（首都師範大學副校長，數學教授）　　二〇〇五年十一月十九日湖州

萬世求真探拓撲　　良宵睿識畔伊湖　　王教授曾在紐約州立大學，伊利湖畔

贈賈鎖堂（山西大學副校長，物理教授）　　二〇〇五年十一月十九日

鎖住鐳射人類福　　堂開顯學儁才萌

贈博道彬（哈爾濱師大副校長，中文教授）　　二〇〇五年十一月十九日

道貫古今思起鳳　　彬播松嫩筆雕龍　　〔注〕松嫩，松花江及嫩江

贈王偉廉（汕頭大學副校長，教育學）　　二〇〇五年十一月十九日

偉岸瀟湘雲夢澤　　廉清瀛海太平洋　　湖北人，曾在湖南，去日本及美國俄勒崗留學

贈王超（徐州師範大學副校長，化學教授）　　二〇〇五年十一月十九日

王瀕東海彭城史　　超越西風化學情

贈張少傑（佳木斯大學校長，法學教授）　　二〇〇五年十一月十九日於湖州

少壯勤磨正義劍　　傑英源溯松花江

贈修朋月（牡丹江師範學院校長，歷史教授）　　二〇〇五年十一月二十一日湖州師院

朋親充棟汗青閣　　月色溶銀鏡泊湖

贈張京澤（國家民委教育司高教處長，教育學教授，原籍山西芮城）

本社顾问团

沈行楹聯集

京昇絳帳同仁席　澤念黃河永樂宮

贈朱振山（中央戲劇學院聲學教授，男低音）二〇〇五年十一月廿一日湖州

振玉清音梁際繞　山崖湍水石間鳴

贈楊小雲（湖南師大教授，管理學）二〇〇五年十一月廿一日

小試江帆行萬里　雲開嶽麓攀千尋

贈孫綿濤（瀋陽師大教授）二〇〇五年十一月廿一日

綿亙康橋連富士　濤聲雍座達長江　〔注〕曾為日本及哈佛大學訪問學者，哈佛大學位於波士頓「劍橋」，即康橋。

贈高力（雲南大學教務處長，倫理學，中文）二〇〇五年十一月二十一日

高原四季春常駐　力著千章境愈寬

贈馬晴（北師大，生物）二〇〇五年十一月廿一日湖州

馬尾千條縷物種　晴空萬里騁遐思

贈董立昆（雲南大學，經濟）二〇〇五年十一月二十一日湖州師院專家樓

立論宏基經濟域　昆池明鑒小康時

贈劉永言、雷綺虹伉儷　二〇〇六年二月三日

永銘言著飛輪轉　綺麗虹橋文脈通　　贈聯

沈行楹聯集

贈屠躍明（中國科學院圖書館館長）二〇〇六年三月十四日　　贈聯

躍上瑯環窺宇宙　明開繹峽廊心胸

贈楊明義（蘇州水墨畫家）二〇〇六年四月八日湖州

明月姑蘇溶水墨　義風紐約貫中西

贈張曉光（湖州師院人文學院文學教授）二〇〇六年四月十四日太湖畔

曉風殘月詩人趣　光怪陸離學者書

贈顏翔林（人文學院美學教授）二〇〇六年四月十四日太湖度假村

翔天美學宏觀麗　林地繁花播遠香

贈孫聯生

聯珠粲語蘊睿智　生花妙筆寫精神

贈吳同椿

同道乘風興科普　椿蔭匝地護丹青

贈唐震、林章如伉儷

唐風文采萬方名震　章樂雍和一室裕如

贈許少鴻、朱文曼伉儷

一〇三　一〇四

水许图绘集

二〇〇六年三月十四日

二〇〇六年四月十四日于上海美术馆

二〇〇六年四月十四日于上海美术馆

二〇〇六年四月八日于北京

二〇〇六年四月

二〇〇五年十一月二十一日于上海朵云轩

二〇〇五年十一月二十一日

二〇〇五年十一月一日

二〇〇五年十一月

二〇〇五年十一月

二〇〇六年二月三日

二〇〇五年十一月二十一日

二〇〇五年十一月二十日

二〇〇五年十一月一日

二〇〇五年十月二十日

二〇〇五年十月二十一日于上海

文章瀟灑千秋曼　少志翱翔萬里鴻

贈邊學詩（空軍醫生）

學博術高，戎馬青囊隨銀翼　詩情畫意，桑榆紅日煥金天

贈郭殿平

殿傳華宴，珍饈逞妙手　平聚良朋，摯誼結蘭心

又　二〇〇三年八月二十一日

殿宇焚煌城不夜　平厄豪飲聚良朋

贈郭殿平、張鳳芹伉儷　二〇〇四年六月十日蘋果園

殿階鞏翼平雲起　鳳闕瓊樓芹菜香

贈高玉倩（京劇表演藝術家）　一九八四年十二月

玉潤珠圓，響遏白雲聞金嗓　倩笑曼舞，影移紅毯動瑤枝

贈馮吉鑫

吉瑞陽春花爛漫　鑫豐碩果藝芬芳

贈胡崎峻

胡服禮瞻蓮臺奇跡　楊枝露瀲崎座峻峰

《沈行楹聯集》

又　贈胡琦峻、王新春伉儷　一九九八年六月十三日

琦藝青山峻　新詩紅萼春

贈聯

贈聯

一〇五
一〇六

贈陳靜嵐

靜意動態皆入畫　嵐色山光儘是詩

贈劉振泉（國務院一招所長）

振聲霄漢雲駐足　泉湧清溪客來歸

贈畢樹校

樹人百年煉彩筆　校書千章入妙圖

贈王先榮（洪雅縣政協主席）　一九八三年五月洪雅

先鞭早著建巴蜀　榮譽晚來更謙遜

贈孫浩之（洪雅縣政協秘書長）　一九八三年五月洪雅

浩然之氣壯華夏　團結新風拂山城

贈鮮家增（洪雅縣文化館長）　一九八三年五月十八日

千樹繁花看桃李　一生辛勞作園丁

贈周光烈（攝影）

光影憑君追造化　烈士壯歲惜青春
贈于光六（攝影）　一九八三年五月二十四日

光影追造化　六合添風采
贈張自力

自賞紅梅香含雪　力耕紫硯筆生花
贈孔祥耀　一九八五年一月九日

祥雲南來春風浩蕩　耀日東升紫氣氤氳
贈李明清（新余市科協主席）　一九八五年新余

明月流光千里秀　清風送暖萬家春
贈朱蓓芬（九江市科協主席）　一九八五年七月九江

蓓蕾滿園賴澆灌　芬芳遍地勤耕耘
贈張志剛（九江市科協副主席）　一九八五年七月二十五日九江

志在四方男子魄　剛立千仞廬山魂
贈黃文濤（九江市科協普及部長）　一九八五年七月

文采風流通今博古　濤聲激盪山色湖光
贈聯

沈行楹聯集

贈聯

傳經送寶八方受益　駿躍鷹翔萬里前程
贈于傳駿（九江市科協諮詢部長）　一九八五年七月

學無止境皆為國　業精於專莫求全
贈齊全國（九江市科協）　一九八五年七月

并驅萬里征途遠　忠厚一家幸福長
贈張并忠（司機）　一九八五年七月二十五日九江

祥雲靉靆萬戶亮　榮蓤馥鬱一家春
贈劉祥榮（嘉善供電局長）　一九八五年八月五日嘉善

岱岳峙東海　真芳綻梅花
贈真梅、岱東（岱東原藉山東）　一九八五年八月五日嘉善

真理終趨一　菊華自足珍
贈真一、菊珍　一九八五年八月五日嘉善

贈徐尊六（光明日報記者）　一九八五年八月二十六日

尊賢愛能今稱伯樂　六合千載古比孟嘗
贈郭正誼

正氣千秋爲祖國　誼情一所聚群英

贈何寄梅

寄贈一枝春色　梅開五福吉祥

贈張東森大夫

東方醫術重濟世　森然友情樂助人

贈馮蘭馨大夫

蘭麝清操君子性　馨香廣澤仁者風

贈蔡偉蓉、蔡長軍伉儷　一九八五年十月十八日

長風萬里志在雄軍　偉業百年花燦芙蓉

贈章柏年（書法家）

雲燦五色揮健筆　瑞兆百年著異花

贈彭敬賢（新余報記者）

柏子飄香詩夢覺　年瑞添色墨韻濃

贈沈雲瑞（青年出版社美編）

敬業樂群播訊息　賢風能績見精神

《沈行楹聯集》

贈聯　一〇九

贈聯　一一〇

贈袁鵬（新余報記者）

袁水千年鍾靈秀　鵬程萬里展文風

贈劉志恒（廣元電影發行公司經理）　一九八六年六月十日廣元

志存詩書千秋史　恒酬珍饈八方賓

贈呂施雲（廣元電影院經理）　一九八六年六月十日廣元

施惠千家耀彩幕　雲程萬里煥丹青

贈黃名立（廣元電影院經理）　一九八六年六月十日廣元

名出山城淵源久　立傳江國藝苑芳

贈楊重（廣元市科委主任）　一九八六年六月

楊柳千條春風暖　重巒萬疊夏雲高

贈張仕昶（廣元市科協秘書長）　一九八六年六月十一日廣元

仕於人民爲公僕　昶耀雲彩見精神

贈鍾戥（廣元市委書記）　一九八六年六月

鍾靈毓秀開天府　戥史銘心見口碑

贈郝振賢（廣元市市長）　一九八六年六月

振翮翔飛千秋業　賢才俊發百世功

贈林淵（廣元科協主席）　一九八六年六月廣元

林茂葉繁蘊瓌寶　淵深天博獻經綸

贈謝加強　一九八五年十一月二十九日濟南

加文自有生花筆　強國尚須好男兒

贈柳忠勤（《中國產品大全》編輯部主任）

忠貞事業聚寶笈　勤奮生涯凝文章

贈盧世棠（建築工程公司）

世風樓起凌雲勢　棠棣花開團結情

贈薛必達　一九八五年十二月十三日

必悟怡情寄翰墨　達觀知命共期頤

贈李慶元　一九八六年春節

慶雲爛漫前程錦繡　元氣淋漓壯志鴻圖

贈汪家厚（雙溝酒廠）

家臨洪澤湖光美　厚載詩書酒味香

沈行楹聯集

贈聯

贈聯

贈章辰霄（常州市文聯）

辰龍騰舞生花筆　霄漢絢爛起彩虹

贈谷傳發（南京作家）一九八五年五月五日南京

擊鼓傳花逸興發　流觴曲水詩意濃

贈吳雲發（畫家）一九八六年三月二十八日南京

雲舒雲捲揮灑如意　發墨發功顧盼生情

贈陳錫雲　一九八六年六月十二日廣元

錫瑞青衣江上　雲蔚峨眉山巔

贈郝建中　一九八六年六月十二日廣元

建樹由來憑努力　中心還須存天真

贈王金祥（廣元市副市長）一九八六年六月十三日廣元

金礦掘出千人智　祥雲飛來百事興

贈楚文（廣東科普作協）一九八六年六月十三日廣元

楚山遙隔嶺南秀　文海近接川北雄

贈徐新標（三清山風景區管理局長）一九八六年七月三日

▲大事编录

《沈行楹聯集》

贈聯

新興勝地開局面　標異景觀雄江南
贈詹永萱（婺源博物館長）　一九八六年七月五日婺源

永世珍奇賴鑒護　萱堂巨構看重光
贈李可時（上饒地委書記）　一九八六年七月七日上饒

可歌業績基根深厚　時代精神創拓彌彰
贈孫希岳（江西省副省長，三清人）　一九八六年七月七日上饒

希世奇觀，三清山麓多英傑　岳峰峻峙，六合寰中著聲名
贈邵德（上饒地區專員）　一九八六年七月七日

邵才四邑振興事業　德沾一方造福人民
贈陳椿年（上饒地區專員）　一九八六年七月七日上饒

椿松百尺崇樓爲棟　年瑞四方沃野堆金
贈張續文（上饒地委副書記）　一九八六年七月七日

續衍炎黃萬世業　文采珠玉千秋光
贈張玉鳳（三清山基建科長）　一九八六年七月七日

玉峰雲暖飛樓起　鳳樹風清綺戶開

贈劉智勇（山東人）　一九八六年七月七日上饒

智睿好學詩書載道　勇仁有爲齊魯家風
贈林勳誠　一九八六年七月七日

勳業由來經刻苦，誠意自古在正心
贈張光涵（客車廠廠長）

光澤八方闢馳道　涵養十載著文章
贈國東（司機）　一九八六年七月七日上饒

國道風馳十萬里　東方勝覽三千山
贈沛旋、王路伉儷　一九八六年六月二十九日南昌

構通佳景三千路　躍上名山四百旋
贈沈正宇　一九八六年六月二十八日南昌

正氣懷懷忠誠守金庫　宇宙漠漠壯志航銀河
贈何松新（廣東省羅定縣）　一九八六年七月二十六日松花湖

松江湖畔群彥聚　新詩域中異花開
贈于鳴非（科學詩刊編輯）　一九八六年七月

鳴嚶求友聲於天下　非攻結翰墨之良緣

贈晏紹明（岳麓詩詞編輯）　一九八六年七月二十七日松花湖

紹屈子遺風悲歌慷慨　明洞庭秋水蘅芷芬芳

贈章偉林（浙東詩壇編輯）　一九八六年七月廿七日松花湖

偉業煌煌仰李杜　林花灼灼譜新詞

贈明彥　一九八六年七月二十八日吉林

明鏡湖中聚雅客　彥俊群中展詩才

贈張大林（桂林科技報編輯，園林學會）　一九八六年七月廿七日松花湖

大志鴻圖文化業　林花飄徹桂城香

贈人　一九八七年一月十六日桂林

千座青山爲秀骨　一泓碧水見慧心

贈廖桂秀（桂林科技中心服務員）　一九八七年一月十六日桂林

桂子蟾宮輕易折　秀峰灕水等閒看

贈楊桂蘭（桂林科技中心服務員）　一九八七年一月十六日桂林

桂枝玲瓏三秋月　蘭麝芬芳百花園

沈行楹聯集

贈聯

贈聯

一一五　一一六

贈唐瑞山（唐山工藝美術廠書記）　一九八七年四月一日唐山書瓷盤

瑞靄氤氳唐市美　山泉清澈灤水長

贈田威（唐山勞動日報美編）　一九八七年四月唐山

田疇美景皆入畫　威力人民同興邦

贈丁燕

丁香馥鬱繁北國　飛燕輕盈舞東風

贈吳傑　一九八六年三月二十四日

翔雲比翼勉俊傑　建樹同心迎曉陽

贈徐文約（留美博士）

文采燦爛揚子浪　約期騰躍落基雲

贈廖盈沙（留美博士，湖南人）

盈袖花香來長島　沙鷗翼健出洞庭

題白明、南兒、菲昂遷新居　一九九五年八月二十六日

南風花草芳菲麗　明月星辰首昂高

書付農兒　一九八六年八月十七日

志遠八方德載道　樹高千丈葉歸根

贈楊無逸（香港）楊拾得吾兒護照及一萬美元交到警局，受港報表揚

無私無畏拾金不昧　逸趣逸情琢玉生光

贈李嘉賢　一九九三年六月四日

嘉行孜學　修德齊賢

贈王自強（機械報記者）

自信文載道　強國筆如槍

贈瑞芬（福州）一九八六年九月十五日

瑞靄荔枝國　芬芳水仙鄉

贈王秀喬

秀石玲瓏透慧竅　喬松蒼翠茂風華

贈馬知春（電話工人）一九八六年九月三十日

知誼達情交友廣　春花秋月碩果多

贈王化俠（能畫善醫）

化境藝風逞妙手　俠腸古道回春丹

《沈行楹聯集》

贈聯

贈聯

贈董燕萍（工業學院學生）一九八六年十二月六日

燕剪春風花爛慢　萍浮秋水月清朗

贈馬祥運（山東單縣醫生）

祥雲靉靆東昇岱嶽　運祚隆昌西放牡丹

贈章濟川（福建漳州商檢局長）一九八七年三月二十日

濟世一方繁盛荔枝國　川流八閩富饒水仙鄉

贈徐福（曲劇團攝影師）

徐啓舞臺人世幕　福臨銳鏡藝苑花

贈趙蘇娜　一九八七年三月二十八日

蘇發春華展妙手　娜姿秋月綻情顏

贈馬宗泰教授

宗師仁道傳千代　泰岱嵩聲仰八方

贈韓玉增大夫（北大醫院骨科）一九八七年五月一日

玉骨冰肌回生妙術　增康延壽濟世良方

贈孫占祺教授（北大醫院外科主任）一九八七年五月二十九日北大醫院

沈行楷聯集

贈聯

占吉人間灑雨露
祺祥壽域拂春風
贈吳常德大夫　一九八七年五月北京大學第一醫院

常懷民瘼濟世勤晝夜
德劭醫林度人彰靈臺
贈馬惠娟大夫　一九八七年五月二十六日北大醫院

惠嘉甘露情意暖
娟秀指端醫術高
贈黃靈健教授（香港）

靈芝異草五洲採
健術良方百世傳
贈洪鼎侃教授（美國、物理生理）

鼎興科學新世紀
侃綻邊緣別樣花
贈洪鼎正教授（美國，醫學理論）一九八七年五月

鼎仁造福益天下
正意明道識玄機
贈徐理強大夫（美國、精神病學教授）一九八七年五月

理性順天指迷途
強心由人悟真諦
贈傅惠珍護士長　一九八七年五月

惠風和暢天使業
珍護安寧醫室光

墨緣世家金櫃妙術
儒醫新潮銀刀回春
贈邢墨儒大夫（外科）一九八七年五月十九日北大醫院

綠葉叢中千般鮮艷
紅氍毹上兩代風光
贈劉春英（評劇院）

炳耀千家傳歡樂
甫潤一域惠動能
贈陳炳甫（桐鄉供電局長）

鴻飛萬里振長翮
賓聚一堂讀華章
贈李鴻賓（魯迅藝術學院）一九八八年三月二十四日

玉樹臨風春意暖
金波迎日秋收豐
贈張玉樹（高陽縣委辦公室主任）一九八八年一月十四日高陽

義高政績澤四野
斌集人才興一方
贈周義斌（河北高陽縣委書記）一九八八年一月十四日

耕雲播雨萬民富
田藏倉盈百載安
贈周耕田（高陽縣長）一九八八年一月十四日

贈步全勝　一九八八年一月十四日高陽

沈行楹聯集

贈聯　贈聯

全民振翮騰霄漢
贈陳宗銘（鄭州市科普美協）　勝券在握舞凱歌　一九八八年一月十六日

宗法古人開局面
贈陳宗銘　銘傳後世練文章

開拓新世紀，環球未遜
贈張開遜、葉之歌伉儷（發明家）　之騰神龍年，華夏高歌　一九八八年北京飯店

國粹傲世界
贈張國藩（中央工藝美院）　藩籬即星球　一九八八年二月十四日

傳神春色橫斜疏影
贈程傳理（郵票發行局花鳥畫家）　理寫秋光碧水青山　一九八八年二月二十四日

秉正北方，基業隆昌點鰲首
贈羅秉燊（北方工業公司副總經理）　燊榮東陸，河山錦繡耀龍鱗　一九八八年三月六日北京飯店

恒健青松翠柏
贈杜恒範（煙臺畫院主任）　範模碧海丹心　一九八八年四月廿一日煙臺

義存齊魯豪氣
贈趙義堂（煙臺科協）　堂接蓬萊清風　一九八八年四月廿一日

蘭麝香雅室
贈陳蘭英（煙臺文化局副局長，畫院院長）　英華聚藝苑　一九八八年四月廿一日

相興百業開局面
贈王相澤（煙臺㟙鄉書記）　澤被一方惠人民　一九八八年四月廿一日煙臺

有術成金可點石
贈印有庫（工程師）　庫容聚寶堪著書　一九八八年四月廿一日

執柄方向改革
贈王執棟（觀海賓館經理兼司機）　棟樑建設成材　一九八八年四月廿一日煙臺

青春燦爛渾憑膽
贈王成（經理）　朝氣蓬勃必有成　一九八八年四月廿一日煙臺觀海賓館

執信誠招天下客
贈王執成（經理）　成功喜沐海上風　一九八八年四月廿一日

青春藝絕雕龍技
贈曲青棠（剪紙）　棠棣花開民族魂　一九八八年四月廿一日煙臺

贈薛正安　一九八八年四月二十一日煙臺

正味清泉釀醇酒　安然岱嶽起奇峰

贈孫鼎錕（北極星鐘錶集團公司總經理）　一九八八年四月廿二日

鼎鼐調羹有美皆備　錕吾試劍無往不前

贈關知弟（仝上副總經理、副總工程師）　一九八八年四月廿二日煙臺

知識致用賴建國　弟兄和睦可興邦

贈孫德坤（北極星公司）　一九八八年四月廿二日

德隨一身尚須學　坤載萬物皆是詩

贈仕華（廠長）　一九八八年四月廿二日

仕國為民盡粹　華鐘濟世準時

贈鄭文薈（安徽）　一九八八年七月十四日

文章妙筆天下友　蒼萃奇觀黃山雲

贈陶敬福（合肥）　一九八八年七月十四日

敬業於今憑己創　福人自古非天成

贈楊達壽（杭州）　一九八八年七月三十日

達觀萬物皆詩意　壽考百年著令名

沈行楹聯集

贈聯

贈聯

一二三

一二四

贈李靜宜（司機）

靜恒致動捷馳萬里　宜室多賢隆盛一堂

贈石福琨（海澱評劇團）

福澤綿延八方交友　琨瑤鏗鏘四座生風

贈炎生、福卿伉儷（香港一貿易公司經理）

炎暉灼灼生機通四海　福澤綿綿卿雲燦一堂

贈家樟（河南科協副主席）　一九八九年三月十九日鄭州

家藏萬卷勝金玉　樟立千尋蔭邦城

贈胡洪濤（湖南）　一九八九年三月十九日鄭州

岳麓飛紅葉　洞庭起洪濤

贈鮑華範（月季城賓館經理）　一九八九年三月十九日鄭州

華夏中原文明古國　範模企業服務新風

贈凍衛國（賓館經理）　一九八九年三月十九日

衛譽創新名傳遐邇　國風懷古地溯商周

贈劉新民（鄭州市副市長）　一九八九年三月十九日鄭州月季城賓館

新風憑振翮，壯懷一代　民瘼最關心，正氣千秋
贈黃寶銀（曲阜中國銀行行長）一九八九年八月五日曲阜

寶地聖賢傳詩禮　銀山經濟興邦家
贈孫效欽（曲阜中國旅行社導遊，翻譯）一九八九年八月五日曲阜

溝通中外經綸效　暢談古今賓客欽
贈陳亞超（曲阜文化館攝影）一九八九年八月五日曲阜

亞東聖蹟入圖畫　超西技能現光圈
贈姜煥亭（山東科技館館長）一九八九年八月七日濟南

煥發青春憶戰鼓　亭飛紫氣騰朝雲
贈候坤璽（山東科協副主席）一九八九年八月七日濟南

坤乾有序光六合　璽玉多華昭五洲
贈徐道振（地壇醫院院長）一九八九年十二月北京地壇

道弘廣域手播福祉　振翮長空目蓋環球
贈張沐德（院長）一九八九年十二月地壇醫院幹部病區

沈行楹聯集

贈聯

贈聯

沐潤春風廣施仁術　德暉冬日普惠暖流
贈賈明艷（醫院書記）一九八九年十二月地壇

明眸秋水察毫末　艷景春光駐韶華
贈關崇節大夫（書記）一九八九年十二月地壇醫院

崇功精業青囊益世　勁節心虛綠竹凌雲
贈劉建英（副院長、護師）一九八九年十二月地壇醫院

建樹長繼夜鶯業　英才共煥天使光
〔注〕夜鶯（Nightingale）即南丁格爾，護士節創始人。

宏開樓閣參天樹　章繡雲霓遍地花
贈左宏章（副院長）一九八九年十二月地壇醫院

潤澤心田妙理開竅　英華醫域神方回春
贈牛潤英（地壇醫院二區主任醫師）一九八九年十二月

晶瑩白雪衣長潔　玉潤紅荷露結晶
贈魏晶晶（辦公室主任）一九八九年十二月地壇

桂香馥鬱舒長袖　月影婆娑下廣寒
贈孫桂月（護師）一九八九年十二月地壇

贈一水（醫生）一九八九年十二月地壇醫院

一技精湛益世久　水源清澈醫道長
贈傅家衡（醫師、主任）　一九八九年十二月地壇

家藏方訣施甘露　衡度安危傳福音
贈黃新範（建築師）　一九八九年十二月三十一日地壇

新夏萬間杜甫願　範模一脈魯班傳
贈李佳俐、湯雁青伉儷　一九九〇年一月二十三日地壇

佳景良辰韶顏伶俐　雁翔驥躍春色蔥青
贈楊寶林、吳玉蘭伉儷（魔術師、醫師）　一九九〇年一月廿五日地壇醫院

寶鏡耀輝，幻出大千世界，大師名重藝苑，
玉盤承露，灑與苦難黎庶，醫壇載譽芝蘭，
贈吳玉蘭（大夫）　一九九〇年二月二十五日地壇

玉樹娉婷，雪瓣迎春早　蘭畹馥鬱，青囊懷術高
贈程龍濤（護士）　一九九〇年四月地壇

龍戲明珠滄海月　濤湧碧玉雪蓮花
贈鐵良　一九九〇年四月地壇

鐵骨錚錚男兒立　良器皎皎玉卮光
贈吳可、張化東伉儷（醫生，吳在地壇醫院、張在天壇醫院）　一九九〇年四月十四日

吳山凝翠，杏林芳草地，青雲北上　化雨催丹，橘井玳花天，紫氣東來
贈何廣印（醫生）　一九九〇年四月十七日地壇

廣覽典籍青囊滿　印護良方丹竈香
贈孟富強（月壇派出所民警）　一九九〇年七月二十六日

富民良策興幽燕　強國男兒衛神州
贈孫鶴軒（善書法）

鶴駕輕盈精神健　軒窗明淨翰墨香
贈朱海瀛（蔣君子蘭能手）　一九八六年丙寅春節

瀛洲聚奎傳君子　海屋添籌澤芳蘭

【注】《瀛奎律髓》元方回撰。詩謂十八學士登瀛洲，五星聚奎。選唐宋名家。

贈徐樹森、姚潤婉伉儷（圭峰療養院書記）　一九八六年江西圭（龜）峰

樹蔭蔽天青山潤　森林遍地碧水婉
贈傅功普（滎陽縣委書記）

功昭祖國，幾度槍林彈雨　普濟黎民，一方麗日春風

沈行楹聯集

贈張承業（峨眉縣文化館）
承繼遺風，寶掘峨眉分外秀
業精翰墨，文燦珠璣格調新
贈朱之江（朱丹溪陵園負責人）　一九九七年六月十五日金華

贈胡雪固、劉毅民伉儷
百代丹溪源遠流長，青囊濟世緬醫聖
四圍綠障地利人和，白手起家成樂園　一九八四年四月四日南京

贈趙紹琴大夫（中醫學院教授）
雪松紅梅領春色　枝榮本固　毅力壯志翔長空　衛國利民
紹箕裘太醫本色　琴書畫民族精神

贈高學敏大夫（北京中醫學院中藥教研室主任）
學貫古今傳橘井　敏析藥石富杏林

贈李慶業大夫（北京中醫學院方劑教研室主任）
慶典中華興國粹　業精方劑溯本源

贈蘇寶剛大夫（北京中醫學院金匱教研室主任）
寶笈傳心啓玉匣　剛鋒耀目出金匱

贈靳少斌大夫（扶生廬主）
少懷壯志爲濟世　斌蔚神針足扶生

贈于文忠大夫
文質彬彬妙手療骨　忠心耿耿熱腸待人

贈孟天雄（湖南輕工校長，科學詩刊主編）　一九八八年十二月二十二日
天馬行空詩思無限　雄鷹展翅教學有方

贈王永瑞（哈爾濱畫院花鳥畫家）　一九八九年七月十五日哈爾濱
永駐春色丹青不老　瑞開畫屏翰墨長存

贈王健鳳（記者）　一九八九年七月十五日哈爾濱和平村賓館
健舞身添翼　鳳飛筆生花

贈呂日松（導遊、攝影）　一九八九年七月十五日
日影移花閣　松聲動石泉

贈孫明斌（經理）　一九八九年七月十五日哈爾濱和平村賓館
明時延豪傑　斌業興雪城

贈陳玉其（新余造型研究所雕塑家、曾雕雄牛）　一九八九年七月二十六日
玉琢千街，靈鳳英姿華古國　其昌百世，雄牛氣概興新城

贈聯　贈聯

三二九　三三〇

沈行楹聯集

贈聯

贈聯

贈費彥彬（濟寧市中國銀行行長）　一九八九年八月五日濟寧

彥俊滿堂金融業　彬文同德玉宇光

贈唐明森（同上副行長）　一九八九年八月五日濟寧

明察秋毫不爽　森然運籌有方

繼承孔孟千載德　義士齊魯八方名

贈刁繼義（同上辦公室主任）　一九八九年八月五日

贈劉滕衛（同上副主任）　一九八九年八月五日濟寧

滕城自古多豪客　衛國於今有精英

贈黃寶銀（曲阜中國銀行行長）　一九八九年八月

寶地聖賢傳詩禮　銀山經濟興邦家

贈李文強（濟南軍區煉油廠政委）　一九八九年八月七日濟南

文經武略雙重事業　強將良輔一片興隆

贈田景勝（同上廠長）　一九八九年八月七日

景潤千山登臺望眼　勝操百券成竹在胸

贈姚世水（同上廠長）　一九八九年八月七日

世澤有光地蘊財富　水源無盡天賜宏圖

贈洪臣（同上辦公室主任）　一九八九年八月七日濟南

洪達爽豪義深情厚　臣懷忠信交廣業精

贈史智堂（青島教師）　一九八九年八月七日

智育群英才德兼備　堂垂絳帳桃李芬芳

贈史愛堂（濟南中國銀行辦公室主任）　一九八九年八月七日

愛存孝悌家風惇古　堂聚俊賢世澤綿長

贈史春堂　一九八九年八月七日濟南

春犁沃土秋收金實　堂對茂松冬賞銀花

贈王懷明　一九八九年八月七日濟南

懷珠情操寫書數　明月胸襟寄丹青

贈候坤璽（山東科協主席、科學家）　一九八九年八月七日濟南

坤乾有序光六合　璽玉多華昭五洲

贈煥亭（山東科技館館長）　一九八九年八月七日

煥發青春憶戰鼓　亭飛紫氣昇朝雲

贈趙宣生（同上副館長）　一九八九年八月七日

宣教有方利科學　生動多彩綻藝花

贈張稚平（山東省科協）　一九八九年八月七日濟南

稚意猶存才華溢　平湖無浪儀態真

贈劉洛平　一九八九年八月七日濟南

洛水淩波曹候賦　平泉垂柳漱玉詞

贈宋祖廉（浙江海寧長安鎮人，同鄉）　一九八九年八月十二日於勝寒樓

祖道同根巨潮懷南國　廉操冶性宏業盛八方

贈劉導瀾學長（設計康樂宮）　一九九〇年八月廿三日北京康樂宮

室內宏構亞洲先導　水上奇觀康樂安瀾

贈季人傑（電工程師）　一九九〇年八月廿三日

人間光電滿　傑構睿思多

贈劉瑞九（會計）　一九九〇八月廿三日

瑞兆聚金堆玉　九章承古啓今

贈聯

贈陳春輝（秘書）　一九九〇年八月二十三日康樂宮

沈行楹聯集

春風楊柳花千樹　輝月清波詩百篇

贈陳衍斌（電視機廠）　一九九〇年九月三十日

衍慶豪情宗齊魯　斌才巧技煥京華

贈雷馬丁

雷鳴電閃藝原馳駿馬　雪暖風和文圃勤園丁

贈王惠、王文琦伉儷赴美　一九九〇年十月九日

惠風送萬里前程似錦　文采結一心嘉實如琦

贈王萬雲（徐州市府辦公室主任）　一九九〇年十二月廿六日

萬頃金波繞城廓　雲端銀浪湧關山

贈童瑞祥（海寧人大常委副主任）　一九九〇年十一月九日海寧

瑞露勤催千頃碧　祥雲深護萬民歡

贈蔣績紹（海寧市科協主席）　一九九〇年十一月九日海寧

續宏華藻犀通資訊　紹克箕裘麟獲家鄉

贈褚惠良（長安鎮法庭庭長）　一九九〇年十一月九日長安

惠嘉鄉里懸明鏡　良育鳳雛才咏絮　〔注〕其女習書法有成

沈行楹聯集　贈聯

一三五　一三六

贈家聲弟　一九九〇年十一月九日長安
三代百年長雍睦　一龍四鳳振家聲

贈家石弟　一九九〇年十一月九日長安
家繼椿萱詩書業　石銘棠棣手足情

贈王祖德（佐得，修川藝苑副會長）　一九九〇年十一月九日長安
佐國興邦文藝久　得心應手金石長

贈孫炳鴻（農民畫家）　一九九〇年十一月九日長安
民間絕藝足彪炳　筆底丹青亦展鴻

贈吳磊達（修川藝苑）　一九九〇年十一月九日長安
磊落平生交友廣　達通翰墨筆意新

贈王學品　一九九〇年十一月三十日
學問原為萬事本　品操應作一生箴

贈文浩（五星啤酒廠）　一九九〇年十二月十七日
文采五星流琥珀　浩風萬戶溢珍珠

贈吳士範（杭州種茶）　一九九〇年十二月二十八日
士林逸對獅峰翠　範模名馳雀舌香

贈張菊炎（桐鄉縣統戰部長，原文化局長）　一九九〇年十二月二十八日
菊黃萬朵金風起　炎赤一心俊彥來

贈崔正宇大夫（地壇醫院傳染病專家）　一九九〇年十二月二十八日
振翅長空傳醫道　宇風天地送瘟神

贈潘連生（故宮行政處長）　一九九一年一月七日
連城璧護紫金闕　生露花擁碧玉闌

贈趙德祥（西山果林公司經理）　一九九一年一月七日
花果滿山芳傳德　森林遍地翠迎祥

贈曹慧軍（西山果林公司）　一九九一年一月七日
湖通海達全憑慧　林茂花繁共進軍

贈劉日崇（二炮處長）
日映洞庭金織浪　崇瞻衡嶽玉雕峰

贈鄭文郁（高陽縣長）　一九九一年五月高陽
文明城市兩綱舉　郁毓水鄉萬物豐

《沈行楹聯集》

贈聯　　贈聯

贈宋玉崇（高陽縣政法委書記）　一九九一年五月高陽

玉潔冰清倡廉政　崇平持正捍法威

贈潭汝生、許琳瑯伉儷（體育、體操）　一九九一年一月七日

汝生碧浪聲宏澎湃　閩繞青山姿美琳瑯

贈邢志耀（長安鎮長）　一九九一年二月八日

志駕雲帆萬戶富　耀輝雪浪一江潮

贈黃兆希（金鼎飯店高級經濟師）　一九九一年二月十五日辛未春節

兆祥經濟振宏業　希煥精神益壽康

贈程志軍、高荷美伉儷（團中央、少兒出版社）　一九九一年四月十三日

荷香十里，蓮房百子英才美　志耀千峰，雪嶺萬重華夏軍

贈劉來德（司機）　一九九一年四月十三日

來去如飛羅盤正方向　德誼并重珠玉結友情

贈田文其（司機）　一九九一年四月十三日

文武皆能風馳電掣　其昌多福霞蔚雲蒸

贈杜振和（馬凱餐廳經理）　一九九一年四月二十日

振興筵譜瀟湘美　和調鼎鼐幽燕春

贈王澤忠（京鼎大酒店）　一九九一年四月二十六日

澤惠京城四季碧　忠誠宏業一心丹

贈施百安、符懋賽伉儷　一九九一年五月五日

懋態娉婷鳳闕賽　百行瀟灑鸞儔安

贈張汝惠（電廠主任）　一九九一年五月五日

汝甘沃野連天豐粟　惠澤人間落地繁星

贈汪力成（余杭儀表廠廠長）　一九九一年五月五日

力量源泉憑智慧　成功秘訣在創新

贈康小強（余杭縣）　一九九一年五月五日

登攀高峰天下小　勤修遂學德才強

贈楊文生、趙秋蘭伉儷　一九九一年五月五日

文風生電百年琴瑟　秋菊春蘭四季芬芳

贈孔繁明（紫石硯廠廠長）　一九九一年五月十五日

繁星妙墨遍宇內　明月清風落硯中

沈行楹聯集

贈聯

一車飛駕友誼廣　萬物怡情心地
　贈游廣松（門頭溝區市政管理所所長）　一九九一年五月

文風一代鳳雛敏　廣廈千間燕巢松
　贈游廣松、高文敏伉儷　一九九一年八月十一日門頭溝

景添宏勝千山翠　俊聚英才百業隆
　贈董景俊（門頭溝區建設委員會主任）　一九九一年五月十五日石景山

春風吹拂千山綠　生氣昂揚百屬丹
　贈董春生（門頭溝區區長）　一九九一年五月二十八日門頭溝

孫蔭茂樹千秋業　智關繁園一域昌
　贈孫智（門頭溝副區長）　一九九一年五月二十八日門頭溝

書觀萬卷非經即子　壁立千仞無欲則剛
　贈劉子剛（門頭溝區人大主任）　一九九一年五月二十八日

希望人間皆樂土　友誼儕輩多英豪
　贈宋希友（門頭溝區委書記）　一九九一年五月二十八日

正氣南天翔黃鶴　秋風中宇凝清光
　贈王正秋（門頭溝市市政管理所主任，湖北人，中秋生）　一九九一年五月廿八日門頭溝

志存鄉國聚金塔　堅築橋樑貫鐵虹
　贈李志堅（市政所副所長，學橋梁）　一九九一年五月二十八日門頭溝

五洋四海翔白鶴　一澱萬頃泛碧波
　贈崔鶴波（河北高陽縣外貿局長）　一九九一年五月二十九日高陽

建設隆昌連紐帶　英才群聚展宏圖
　贈盧建英（高陽縣人事局長）　一九九一年五月廿九日

希世絢爛千幛美　厚生豐足萬民歡
　贈韓希厚（河北省紡織部長）　一九九一年五月廿九日

德操奮發傳千里　合契精誠同一心
　贈賈德合（高陽宣傳部長）　一九九一年五月廿九日高陽縣

頻溉沃野利鄉國　多栽佳木作棟材
　贈劉國棟（高陽縣政府）　一九九一年五月廿九日

繼承周制六法備　明察秋毫萬民安
　贈馬繼明（河北省司法廳長）　一九九一年五月二十九日高陽

慶祥市廛繁鳳閣　餘歲錦鱗耀龍門

贈周慶餘（水產公司經理）　一九九一年七月八日徐州

守業百工爐火赤　本源萬畝禾苗青

贈湯守本（農工部長）　一九九一年七月八日徐州

福澤一方民豐足　倫常百代吏儉勤

贈陳福倫（銅山縣物資局長）　一九九一年七月八日徐州

孟晉一生憶戎馬　祥禎四海息干戈

贈白孟祥（北京衛戍區政委）　一九九一年六月二十七日

留金聲四海浩然客　柱玉砌一樓快哉風

贈李留柱（連雲港公路招待所所長）　一九九一年六月二十七

書庫深邃多睿智　田疇寥廓任奔馳

贈楊書田（火車專列處長）　一九九一年六月二十七

洪波湧雪籌添海屋　翔翅凌霄光照燕都

贈鄭洪翔（石景山電廠廠長）　一九九一年六月二十七日

家園騏躍致千里　高樹鶯鳴催萬花

《沈行楹聯集》

贈聯　　贈聯

一四一　一四二

贈劉家駰、高鶯伉儷　一九九一年六月二十七日康樂宮

光輝歐亞寰球月　明燭樓臺不夜城

贈褚光明（康樂宮總經理）　一九九一年六月二十七日

養頤自適　明理達觀

贈郭養明　一九九一年六月六日

玉盤千珠雙手慧　丹花萬朵一溉英

贈宋慧英（會計）　一九九一年五月三十日高陽

檄書稀傳　報君平安

贈王書君（公安局長）　一九九一年五月卅日高陽

修精百家體　茂勁一紙書

贈王修茂（河北省書法家協會）　一九九一年五月卅日高陽

學以致用勤嘉惠　血肉相連皆爲民

贈田惠民（高陽縣副書記）　一九九一年五月三十日

春風桃李滿庭玉　夏日芙蓉數縣彬

贈周玉彬（高陽縣委書記）　一九九一年五月卅日

文化古城多新秀　浩然今世有能人
贈施文浩（宣傳部副部長）　一九九一年七月八日徐州

秉賦喜風調雨順　乾坤揚鐵臂丹心
贈滕秉乾（農工部長）　一九九一年七月八日徐州

興舞鋒芒斬蛇劍　沛然激昂大風歌
贈張興沛（銅山縣長）　一九九一年七月八日徐州

香飄桃李春光滿　遠笈松花邃學長
贈姚香遠（銅山縣長，曾任教育局局長）　一九九一年七月八日徐州

希望蓬勃寓朝氣　忠摯辛勤蔚新風
贈郭希忠（銅山縣長）　一九九一年七月八日徐州

傳千里金聲玉振　禮一堂筆舞墨歌
贈鄒傳禮（銅山縣宣傳部長）　一九九一年七月九日徐州

慷慨彭城多勇士　昇平淮海贊政仁
贈閻士仁（銅山縣宣傳部副部長）　一九九一年七月九日

新裝巧裁虹霓出　民意廣詞歡樂多
贈周新民（銅山縣委宣傳部）　一九九一年七月九日

維妙一支生花筆　揚輝千載古城風
贈蘇維揚（銅山縣委宣傳部副部長）　一九九一年七月九日徐州

留茂青山雕玉柱　左賢紅粉助金蘭
贈李留柱、左蘭伉儷　一九九一年七月十二日連雲港

留得八方豪傑　柱盤四海蛟龍
又　贈李留柱（田灣公路休養所所長）

全國皆坦道　華中起飛輪
贈馮全華（司機）　一九九一年七月十二日連雲港

葳蕤雲臺蘊佳兆　氤氳翰墨識賢良
贈徐兆良（書法家）　一九九一年七月十二日連雲港

成龍騰躍萬車去　堂燕飛翔雙喜來
贈雷成堂（連雲港交通局書記）　一九九一年七月十三日

左右逢源八方達　軍民同慶一路安
贈左軍（公路處書記）　一九九一年七月十三日連雲港

︽沈行楹聯集

贈聯

贈聯

一四五

一四六

贈惠永山（高公島電站站長）
永夜金星遍大地　山巔鐵塔向長天
一九九一年七月十三日連雲港

贈蔣克儉（宣傳教育）
克紹箕裘任教化　儉勤風骨頻播傳
一九九一年七月十三日連雲港

贈孫慶文（公路處書記）
平安萬里常衍慶　風度一身多采文
一九九一年七月十四日

贈侍少華（科協幹部、記者、書畫篆刻）
少壯丹青伴金石　華年慧眼銳鷹隼
一九九一年七月十四日連雲港

贈成偉民（醫生、盆景專家）
偉景縮微逞妙手　民康增壽有良方
一九九一年七月十四日連雲港

贈韓建民、孫寶琳伉儷
建樹紛繁多民智　寶瓶瑩澈見琳瑯
一九九一年七月十四日

贈周艷紅（導遊）
明眸對鏡艷　妙舌粲花紅
一九九一年七月十四日連雲港

贈張祖堯（司機）
祖蔭千年德　堯天萬里馳
一九九一年七月十五日連雲港

贈張玉萍（服務員）
溫潤如玉　圓轉若萍
一九九一年七月十五日連雲港

贈陸松華（作家）
松聲琴韵鳴鸞儔　華藻靈思構鴻文
一九九一年七月十五日連雲港

贈李道仁（田灣休養所副所長）
人生珍坦道　處世在心仁
一九九一年七月十五日

贈李道池（工藝美術廠長）
精微通藝道　多彩達鳳池
一九九一年七月十六日

贈劉際潘（海軍少將，上海基地司令）
際會風雲來碧海　潘宋辭賦騰金龍
一九九一年七月十七日連雲港

贈崔德慶、汪經建伉儷（海軍主任、幼稚園教師）
德表群英慶寧海　經營苗木建樂園
一九九一年七月十七日連雲港

贈檀繼明、檀艷如伉儷（連雲港空軍站長）
繼承偉業多明智　艷說豐饒俱茹甘
一九九一年七月十八日連雲港

沈行楹聯集

贈聯

贈聯

贈姜濤（高公島管電影）　一九九一年七月十九日

月落西山開銀幕　日昇東海起金濤

贈陳輝（連雲港礦山設計研究院院長）　一九九一年七月十七日連雲港

策宏構藍圖煥彩　探寶藏華夏增輝

贈黃聰秀（同上工會主席、工程師）　一九九一年七月十七日

聰邃科學探奧秘　秀色雲臺入畫圖

贈張立華（高公島鄉書記）　一九九一年七月十七日連雲港

蓬島臨風長屹立　仙山滴露含芳華

贈韓志強（安新縣委副書記）　一九九一年七月二十七日安新

汪洋萬頃遂壯志　瀟灑一支椽筆強

贈潘尚謙　一九九一年七月二十七日河北安新

尚武修文家國事　謙虛謹慎鶴松年

贈陳其顏（土地局長）　一九九一年七月二十七日安新

其昌五世詩書久　顏煥一方樂土多

贈許三強（土地局副局長）　一九九一年七月二十七日安新

三省吾身長進取　強規鄉土保永寧

贈孫殿華（司機）　一九九一年七月二十七日河北安新縣

飛輪直上重霄殿　騏驥奔馳全中華

贈劉書哲（安新市政招待所所長）　一九九一年七月二十七日

書香常引天下客　哲理名昭旅遊城

贈張文波（縣文聯主席）　一九九一年七月二十七日安新

文采風流聚彥俊　波瀾壯闊寫史詩

贈張昆崗（縣政協主席）　一九九一年七月二十八日安新

昆侖積雪心懷玉　崗樹臨風骨傲霜

贈霍志軍（三臺鎮長）　一九九一年七月二十八日安新

業重鼇首展素志　鞋輕健足壯三軍

贈袁德龍（園林工程師）　一九九一年八月十一日門頭溝

愛美修身華夏德　移花接木神州龍

贈李春明（龍泉鎮汽車隊經理）　一九九一年八月十一日

春風浩蕩笑聲徹南海　明月騰輝宏業昇東山

贈趙蘭芳（門頭溝蔬菜公司） 一九九一年八月十一日

蘭麝一房幽雅趣　果蔬四季甘濃香

贈張汝惠、劉素珍伉儷 一九九一年八月十一日門頭溝

汝水長流增壽惠　素心共濟足家珍

贈魏新龍（江西油脂化工廠廣告科經濟師）

傳育英才金聲玉振　緒承國粹鐵畫銀鈎

贈黎傳緒（南昌教育學院中文講師、硬筆書法會長）

新策千籌運一室　龍鱗萬點耀四方

贈劉怡平（醫、藝） 一九九一年九月九日

怡情彩筆藝枝俏　平植杏林果實繁

贈董建忠（鹽官工業公司經理、汽車廠長） 一九九一年十一月九日長安

建業金甌馳道疾　忠忱玉璧摯誼多

贈陸秉仁（詩、書法，海寧中學老教師） 一九九一年十一月十日長安

秉筆千鈞銘古篆　仁懷百載樹喬松

贈許登雲 一九九一年十一月十三日長安

登樓潑墨虹枝翠　雲閣籠煙醇酒紅

〈沈行楹聯集〉

贈聯

贈聯

一四九
一五○

贈楊承志（石油專家） 一九九一年十二月十日

承蔭震澤金波闊　志鎮天山鐵塔高

贈高興隆（老軍人） 一九九一年十二月十日

興邦衛國馳鐵馬　隆業頤年獻丹心

贈陳嘉葉、張大德伉儷（土木工程）

嘉木飛檐，瓊樓遍大地　葉繁花茂，春色麗德天

贈大新（最高法院） 一九九一年十二月二十四日

大國中華重德治　新貌社會隆法規

贈周永春（國家科委研究中心） 一九九一年十二月二十四日

永福人類天工巧　春來華夏地球新

贈顧立保（計委、煤炭專家） 一九九一年十二月二十四日

立一國能源力量　保萬民溫暖光明

贈馮瑞瑛（工程設計） 一九九一年十二月二十四日

梅窗圖筆開祥瑞　蘭室椒牆懸玉瑛

贈李長鋼（石電公司秘書）　一九九二年一月二十四日

長劍揮雲翰墨健　鋼花閃電山川明

贈王振聲、杜秀蘭伉儷　一九九二年一月二十四日

玉振金聲拿手技　裝秀芳蘭巧心裁

贈戴富華、王燕伉儷　一九九二年一月二十四日

富強華夏星燈麗　繁盛燕都珠翠豐

贈林猛雄、王清伉儷（日本人從事香料業）　一九九二年一月二十八日

猛晉前程香雄富士　喜榮連理雪清昆侖

贈田英傑（高井電廠書記）　一九九二年二月十日

英姿鐵塔連雲綫　傑構金樞賽月燈

贈趙喜生（石景山電總廠副廠長）　一九九二年二月十日

高擎火炬萬家喜　力轉巨輪百物生

贈鄭鴻翔（石電廠長）　一九九二年二月十日石景山

鴻猷華夏山川昭日月　翔翮長空業績際風雲

贈劉有禮（科學院）　一九九二年三月十二日

《沈行楷聯集》

贈聯

有策一城開廣廈　禮儀四海結良朋

贈楊秀娟　一九九二年三月二十五日

一門多俊秀　千里共嬋娟

贈藍慶民（馬來人，外科內窺鏡專家教授，漢堡行醫）　一九九二年四月五日

內窺外刃精微衍慶　東亞西歐仁懷惠民

贈崔普權（民俗學）　一九九二年四月十九日

普擷藝林傳軼事　權衡辭句作文章

贈心慈、素秋伉儷（醫生）

心慈長濟世　素秋兆豐年

贈靜波、青雲　一九九二年四月十九日

靜波舟行速　青雲雁飛高

贈小川悅夫（蝶理株式會社北京事務所代表）　一九九二年四月二十九日

蝶彩繞櫻恣賞悅　理通興業賴壯夫

贈中島芳子（東京日本語學院院長）　一九九二年四月二十九日

芳袖一門栽桃李　子書千架蘊詩文

贈矢澤久司（日本電氣電化海外營業部）　一九九二年五月十二日

海外鴻圖長久　城中樞紐永久

贈佐佐木佳秋（日本蝶理株式會社）　一九九二年五月十二日

蝶飛五色百花佳　理聚萬金一院秋

贈吉崗和彥（日本信和通信機株式會社）　一九九二年五月十二日

和通訊息地球小　彥碩友誼瀛海深

贈閻道輝、李桂蘭伉儷　一九九二年五月六日

道行萬里前程輝耀　桂折一枝內院蘭芳

贈王會權　一九九二年五月十一日

日夕涼風六旬際會　花朝舊雨百載量權

贈賈春、李錚伉儷　一九九二年五月十一日

青青春草常葳蕤　錚錚佩玉自鏗鏘

贈張寶元、張秋香伉儷　一九九二年五月十二日

寶島相望元戎長憶　秋光送爽香桂清飄

贈吳楓　一九九二年五月十三日

一水吳帆碧　千山楓葉紅

沈行楹聯集

贈聯

贈聯

一五三

一五四

贈九龍酒樓聯　一九九二年六月二十五日

九重天闕開華宴　萬點龍鱗耀玉盤

贈李根塗（九龍酒樓總經理、臺商）　一九九二年六月二十五日

根深葉茂花開兩岸　塗遠車輕業盛千秋

贈靳崇智（原全國政協副秘書長）　一九九二年六月二十五日

崇嶺青山雄大漠　智機白髮賦新章

贈白志軍（燕蒼酒樓經理）　一九九二年六月二十八日

志存宏業燕山峻　軍盛崇樓酒旗飄

贈白志忠（副經理）　一九九二年六月二十八日

志聚餚饌川燕魯　忠誠繁榮農工商

贈朴洪澤（總公司副經理）　一九九二年六月二十八日

洪圖百業滿山艷　澤惠千家遍地歡

贈朴洪津（後勤科長）　一九九二年六月二十八日

洪峰金浪滙寶庫　津渡銀帆達海疆

大事記略

贈青霞、文謙
青山隱隱朝霞起　文質彬彬學謙來

贈小麗、志強
小栽花草多萌麗　志貴男兒當自強
一九九二年六月二十九日

贈演普（佛教協會《法音》編輯）
演繹法音萬花落　普渡眾生一葦航
一九九二年七月十日奧林四克飯店

贈黃祿明（匯通廠長）
金色青春添壽祿　玉泉紅日照眼明
一九九二年七月十二日

贈李冬梅（京劇）
冬雪朝陽艷　梅花撲面香

贈劉兆龍（紫房子）
年年送吉兆　對對欲騰龍
一九九二年七月二十二日匯通園

贈孫桂生（物資出版社）
香飄環宇月中桂　文載大道筆底生
一九九二年九月三十日

贈黃世華（城建、建築、重慶大學）
廣廈萬間堪濟世　青松千尺猶風華
一九九二年九月三十日

贈聯

贈王御航（健美操教師）
御風曼舞千姿美　航海輕漾萬里波
一九九二年九月三十日

贈李清志（中學歷史老師）
清標瑩舍弦歌徹　志撰汗青縹帙繁
一九九二年九月三十日

贈金秋（教育學院教數學）
金風習習幾何爽　秋月團團周率明
一九九二年九月三十日

贈宋雁鵬（醫生）
雁字爲人傳丹竉　鵬飛濟世有青囊
一九九二年九月三十日

贈智廉清（鐵道科學院、造機車）
廉潔乘風萬里速　清高鳴笛一車輕
一九九二年九月三十日

贈王建民（土木建築工程師）
建隆瓊廈舒民瘼　俊秀郎苑育英才
一九九二年十月七日門頭溝

贈陳文占（石景山區副區長）
文興春色一邦富　占盡秋光萬樹紅
一九九二年十月七日

贈韓樹林、劉榮鳳伉儷（建築）　一九九二年十月七日

榮添萬戶桐棲鳳　樹建千樑廈作林

贈張臺聯　一九九二年十月七日龍泉賓館

臺硯一池蘊翰墨　聯袂卅載展鴻圖

贈饒寶盈（三河縣供電局長，曾任教師）　一九九二年十月七日

絳帳農書皆爲寶　華光清影月常盈

贈朱自宏、楊秀芳伉儷（地質勘探）　一九九二年十月七日龍泉賓館

自懷邃學展宏志　秀培新葩俱芬芳

贈張孟生（電力經濟技術，愛古典文學）　一九九二年十月八日

德劭文粲思孔孟　籌高技湛濟蒼生

贈榮保成（工程師）　一九九二年十月八日龍泉賓館

傑構鴻基堪永保　繁都偉業自歟成

贈陳望和（全國十大勞模之一，勘探）　一九九二年十月八日

冀燕中華萬眾望　岩層泉湧天地和

贈呂式英（工程隊長）　一九九二年十月八日龍泉賓館

《沈行楹聯集》
贈聯
贈聯
一五七
一五八

式範堅利穿地殼　英模奮勇結同心

贈劉國立、冷艷玲伉儷（司機）　一九九二年十月二十一日友誼賓館

國道迎風鐵馬立　艷芳對月玉佩玲

贈李宏、戰復東伉儷（大夫、電腦）　一九九二年十月二十一日友誼賓館

健民仁術遂宏願　復興鴻籌崛東方

贈李書凡、李禾伉儷　一九九二年十月二十一日友誼賓館

詩書繼世非凡響　菽禾飄香兆豐年

贈呂學芝、盧文鳳伉儷　一九九二年十月二十一日友誼賓館

文采梧桐棲丹鳳　學淵靈石綻紫芝

贈李煥柱、李超英伉儷（司機）　一九九二年十月二十一日友誼賓館

煥發珠串柱　超前馬騁英

贈宋廷祿（石景山農委、農工商總經理）　一九九二年十月二十七日

廷栽玉樹萬車果　祿撞金鐘千里聲

贈寇景祿（石景山永豐牧工商公司經理）　一九九二年十月二十七日

景綴裳翼　祿登翠微

贈張福祉（玉華臺特級廚師）　一九九二年十一月十七日玉華臺

福來揚子瓊花發　祉滿玉華綺宴開

贈王國華（玉華臺廚師，北京市第八名）　一九九二年十一月十七日玉華臺

鼎鼐調和稱上國　珍饈羅列在玉華

贈于國鋒（玉華臺廚師）　一九九二年十一月二十七日

飲食文明誇古國　烹調絕技湛鋼鋒

贈羅藝（曾獲健美賽季軍）　一九九三年二月二日

羅漢金剛占魁首　藝能豪舉壯神州

贈胡斌（電話局）　一九九三年二月五日

古月照人人更俊　文武兼學學倍精

贈孫玉山（電話局）　一九九三年二月五日

瀟灑晶瑩玉　蒼茫毓秀山

贈趙守威（利康搬家公司司機）　一九九三年二月五日

守住一身良契聚　威風八面運輸飛

贈嚴嘉和（利康公司）　一九九三年二月五日利康

沈行楹聯集

贈聯

贈聯

一五九

一六○

嘉風送暖萬家喜　和氣致祥百業隆

贈趙守威、郭花堂伉儷　一九九三年二月五日

守苑花繁勤雨露　威恩堂敞添珠簀

贈呂競（攝影）　一九九三年二月七日

大呂黃鐘音激越　銀競金獎藝湛精

贈王力雄（汽車專業，文字記者）　一九九三年二月七日

鐵馬馳驅無窮力　金雞揮灑一世雄

贈王鳳堂（山東平度書店經理）　一九九三年二月二十日

慶植梧桐長引鳳　架盈圖籍捷登堂

贈宋明（酒店經理）　一九九三年二月二十二日

筵開宋闕　酒洌明觥

贈王強、張力伉儷（基建、電氣）　一九九三年三月四日

強風湧起千層浪　力臂搖伸萬里雲

贈王來鳳　一九九三年三月四日

來聚彤庭鴻福地　鳳棲昆崗彩霞天

《沈行楹聯集》

贈聯

贈張谷良（畫家）
昱索琳宮故史冊
令行戎馬新宏圖
一九九三年五月四日海寧

贈張昱令（蘇州文管所）
昱索琳宮故史冊
令行戎馬新宏圖
一九九三年四月二十九日蘇州蘭苑樓

贈倉漢清（蘇州文管所長）
漢闕唐宮探古趣
清風朗月抒豪情
一九九三年四月二十九日蘇州蘭苑樓

贈陳鳴（蘇州文管所）
陳園重煥喬松茂
古典新聲雛鳳鳴
一九九三年四月二十九日蘇州

贈吳錫麟（蘇州市文化局長）
文章歷代冠永錫
化物今朝野獲麟
一九九三年四月二十九日蘇州蘭苑樓

文章歷代冠永錫

贈周耀達（蘇州市文物管理所）
耀稽碑銘衛勝蹟
達通文史緒姑蘇

其二
耀蝠琵琶濺珠叩玉
達通音律流水高山
一九九三年四月二十九日蘇州

贈田文其、石宗娟仉儷（司機、出納）
文章燦爛輩其疾
宗峽綿久籌娟明
一九九三年三月四日

敬業晶球映賢士　明開華棟聚玉珠

贈沈敬賢、章明珠仉儷（科協副主席）
一九九三年五月八日嘉善

雪兆豐年瓊華發　珠運鴻籌金屋燦

贈李雪華、俞燦珠仉儷（嘉善科協主席）
一九九三年五月八日嘉善

月影嬋娟美　清光金屋新

賀朱月清、沈娟新結婚
一九九三年五月一日桐鄉羔羊鄉

坤開玉璞綻五產　海彙金流甲一鄉

贈張坤海（羔羊農工商公司總經理）
一九九三年五月一日桐鄉

實業興邦堪緒祖　農桑富戶憑司南

贈馬祖南（羔羊鄉長）
一九九三年五月一日桐鄉

贈周炳華（桐鄉市羔羊鄉書記）
創業全鄉長彪炳
營樓滿道看繁華
一九九三年五月一日桐鄉

架設金橋共富裕
傳播科學說乾坤

贈鄭裕坤（杭州，浙江科協普及部長）
一九九三年五月八日嘉興

芝蘭香遠出幽谷
神筆韻長奪馬良

《沈行楹聯集》

贈聯
一六三

贈聯
一六四

娟秀簪花粉字寶
雲行流水絳帳炎
贈張雲炎、張娟倩儷（教師、科協副主席）　一九九三年五月八日嘉善梅花菴

勤精玉册無窮數
善理金章一片心
贈夏勤善（會計）　一九九三年五月八日梅花菴

爽語豪情隨世紀
新型佳式足小康
贈吳紀康（化工）　一九九三年五月八日嘉善

萬里錢塘水
千年松柏根
贈姚水根（海寧市副市長）　一九九三年五月十三日海寧文聯

鑫兆多俊士
龍騰著文章
贈倪鑫龍（海寧文化局書記、文聯主席）　一九九三年五月十三日

建設文明首
良材翰墨香
贈朱建良（海寧市文化局局長）　一九九三年五月十三日海寧

文苑廣嘉惠
化育決策良
贈王惠良（文化局副局長）　一九九三年五月十三日

朝陽馳萬里
明月照千山
贈傅朝明（司機）　一九九三年五月十三日硤石

振翮長天千里近
春風大地百花妍
贈高振春　一九九三年六月四日

季開錦繡春光滿
小貯瑯環文采多
贈鐔季春、王小文伉儷（瀋陽紡織廠長）　一九九三年六月六日

建樹蒼山三塔遠
華文燕闕五湖通
贈薛建華（大理人）　一九九三年六月二十六日

芳草天涯窮哲理
偉程地角覓詩情
贈劉偉、任芳伉儷（詩人、哲學）　一九九三年六月二十六日

伊人秋水明如鏡
佩玉錚錚蓮步輕
贈伊錚　一九九三年六月二十六日

天生麗質
樂舞迷人
贈譚樂麗（Lori Tilkin 美·猶太人、學民族舞）　一九九三年六月二十六日《中國日報》畫廊

惠澤京華施甘露
忠忱醫道拂馨風
贈馮惠忠（地壇醫院院長）　九三年十月六日地壇

《沈行楹聯集》

贈聯

贈聯

一六五

一六六

贈趙明遠（地壇醫院主任）　九三年十月六日地壇

明析毫芒窮哲理　遠航灝瀚渡蒼生

贈李振東、張東森伉儷　一九九三年十月

振融長天東岳峻　飛輪大地森林寬　一九九三年十月六日

贈趙建龍（房產處）　龍窟邃淵探驪珠

建甍高屋開瓊宇　一九九三年十月七日

贈曹國靜　芳園靜宜人

國光梅蘭竹

贈佟慶才、張壽麟伉儷　九三年九月十三日地壇

慶衍家世多才俊　壽卜遐年兆麟祥

贈陳明蓮（地壇醫院辦公室）　一九九三年九月十四日地壇

明眸秋水漣漪靜　蓮蕊夏風菡萏香

贈屈文妍（護士）　一九九三年九月十五日地壇醫院

文靜輕柔天使白　春光明媚百花妍

贈張可耕、屈文妍伉儷　一九九三年十月十三日地壇

可意耕耘皆沃土　文辭妍麗有芳園

贈王運哲、佟青伉儷　一九九三年九月二十日地壇

運通業盛千思哲　水秀山明萬里青

贈文建春（大夫）　一九九三年九月二十一日地壇

建樹杏林盈碩果　春風橘井汲新詩

贈王延俠（護士長）　一九九三年九月二十日地壇

延齡妙手施甘露　俠骨柔腸渡眾生

贈劉致文（大夫）　一九九三年九月二十一日地壇

致學傳薪黃石訣　文華益壽赤松丹

贈王京鐘、傅琪伉儷　一九九三年九月二十一日地壇醫院

京華醫侶鐘聲應　琪砌古壇倩影雙

贈魏丹　一九九三年九月十六日地壇

魏紫姚紅春爛漫　菊黃蘆白秋楓丹

贈啟桂榮（護士）　一九九三年九月十六日地壇

桂子蘭芯長馥鬱　青山綠水欣向榮

《沈行楹聯集》

贈聯

贈胡天華、張永康伉儷
天賦斯任華滋多采　永錫其昌康樂無涯
一九九三年九月十六日地壇

贈魏晶晶
慧目晶瑩觀世界　咏絮才女筆生花
一九九三年九月十四日地壇醫院

贈周明鑒（科學出版社副總編、地質學）
明察地球探宇宙　鑒評文字貯瑯環
一九九三年十月

贈姚歲寒（科學出版社地學編輯室主任）
經天緯地無窮歲　玉宇瓊樓不勝寒
一九九三年十月十三日

贈周澤民、丁艷芬伉儷（市公安局局長）
澤惠一方解民瘼　艷稱兩代鬱芬芳
一九九三年九月二十八日地壇

贈張月珍、丁鎖慶伉儷（原子能、大夫）
鎖住巨能天際慶　月昇滄海人間珍
一九九三年九月二十七日地壇

贈姚山明（北京市電話局書記）
山高水遠千條路　明月清風一曲歌
一九九三年十月十一日

贈蔡春占（電話局副局長）
青松宏業高千尺　占喜長繩繫萬家
一九九三年十月十一日

贈滿暉（護士）
笑靨日常滿　青春旭日暉
一九九三年十月十七日地壇

贈李建明（翠雲酒樓會計）
建業翠微雲出岫　明窗巧指撥檀珠
一九九三年十月廿一日

贈田文其（司機）
文雅一堂詩禮久　其芳萬里輪跡長
一九九三年十月二十一日

贈李建國（汽車廠長）
建業繁榮鴻運久　國風信義益友多
九三年十月二十八日

贈李志國（水泥管廠司天車）
志高一手天車馭　國大千流地管通
一九九三年十月二十二日

贈梁天培（香港理工學院工學院院長）
天行至道風雲際會　培育英才桃李含芳
一九九三年十一月五日

贈李惠生（仝上講師、博士、物理學家）
日月永恒億年嘉惠　時空無限萬物相生
一九九三年十一月五日

沈行楹聯集

贈聯

青雲有路生平志　綠野無垠心地寬
贈楊志寬（石電司機）　一九九三年十一月五日

宜人開泰塞　潤物茂芝蘭
贈宜秦、潤芝

志凌霄漢攬明月　能涉峻鋒沐朝暉
贈韋志能（廣西海王公司）　一九九三年十一月十四日地壇

兆祥南國山鄉富　全發西江海域寬
贈覃兆全（公司董事長、總經理）　一九九三年十一月十四日

啓迪人和彰政績　鋒芒業盛建康莊
贈莫啓鋒（平南縣副縣長）　一九九三年十一月十四日

樹幟一方鴻運至　新風萬里丹桂香
贈盧樹新（平南鄉鎮企業局長、總經理）　一九九三年十一月十四日

慶衍世世星燦業　國富年年日麗天
贈耿慶國（副總經理、工程師）　一九九三年十一月十四日地壇醫院

贈聯

娛城食府聚珠玉　佳肴醇醪湧金泉
贈王玉泉（火鍋城經理）　一九九五年四月六日石景山

文化昌隆山海勝　富殷慷慨嘉賓歡
贈張文富（遼寧）　一九九五年四月二十一日

康莊坦道引千里　健魄崇樓聚萬金
贈康健

尚時求索微觀域　傑俊長乘現代風
贈尚傑

楚辭今古頌堯舜　秀實潤圓貴玉珠
贈李楚秀、林秀玉伉儷

德劭天平循科學　秀環山海近蓬萊
贈譚德秀（煙臺司法局長）　一九九五年一月十九日

雙棲喬木榮千載　旅乘長風雁一行
贈張雙榮、何旅雁伉儷　一九九五年三月十日深圳

心存濟世杏林茂　慈愛貽人橘井深
贈封心慈（大夫）　一九九五年五月九日

沈行楹聯集

贈聯

贈聯

一七一

一七二

贈陶桂連　一九九五年九月二日少年之家

自古永州多雅士　於今藝域有妮娃

贈張雅妮小朋友（五歲作畫）　一九九五年九月二日官園少年之家

筆花生處連城璧　胸臆境開珠玉圖

贈張連珠（畫家）　一九九五年六月二十五日石景山

伯仲五星南盛筵　華夷四海集嘉賓

贈侯伯華（翠雲酒樓經理）　一九九五年六月二十五日石景山

鐵腕掌盤馳寶馬　樹花灑露美嬌娃

贈張鐵寶、張樹美伉儷（司機、幼教）　一九九五年六月二十五日石景山

興北千山開福地　海東萬厦接祥雲

贈劉興海　一九九五年六月十七日

尚美萃珍華夏宴　龍蟠虎踞石城樓

贈許尚龍

青銅碧玉懷荊楚　雲鶴江鳧人畫圖

贈胡青雲（湖北松滋縣博物館長、攝影師）　一九九五年五月三十一日

桂馥蘭馨文化盛　連城玉璧經濟昌

贈唐宜榮（湖南省文聯）　一九九五年九月二日官園

宜書宜畫詩文萃　榮國榮鄉翰墨香

贈戴雪根（海寧市委副書記）　一九九五年九月十一日海寧

潮湧千丈雪　葉落一條根

贈馬群雁（海寧賓館）　一九九五年九月十一日海寧

群情千般暖　雁字一行飛

贈何阿根（長安鎮書記）　一九九五年九月十二日長安

阿是俱浙水　根同在長安

贈周萍菊（長安副書記）　一九九五年九月十二日長安

萍葉翠青魚米足　菊花金黃貨殖豐

贈邵小文（秘書）　一九九五年九月十二日長安

雕蟲未必小　起鳳自多文

贈范榮華（統戰部長）　一九九五年九月十四日海寧

榮譽聯千戶　華夏歸一家

沈行楹聯集

贈聯

贈聯

一七三

一七四

贈楊滌江（政協副主席、油畫家）　一九九五年九月十四日

滌塵超凡俗　江海作畫盤

贈郭學新（文聯、原專業演員）　一九九五年九月十四日海寧

學藝百家捷飛燕　新聲一曲遏行雲

贈蔣建東（海寧市委副書記）　一九九五年九月十四日海寧

建瓴在高屋　東海醉豪風

贈梅先（對臺辦）　一九九五年九月十四日海寧

梅香飄兩岸　先驅興一邦

贈王偉良（文化局長）　一九九五年九月十五日海寧

偉章文化業　良木鳳凰枝

贈梁平波（浙江省委宣傳部長）　一九九五年九月十四日海寧

平湖煙柳成成畫　波錦輕舟盡載詩

贈沈暉（副部長）　一九九五年九月十四日海寧

文采蘇堤邀皓月　睿思葛嶺沐朝暉

贈徐經華（望亭電廠副廠長，中大校友）　一九九五年九月十九日望亭

經緯銀塔千山麗　華夏金繩萬戶明

贈華文清（司機）　一九九五年九月十九日望亭

文質無畏明方向　清朗有爲讀詩書

贈吳建華（廚師）　一九九五年九月十九日

建樹繁榮吳宮味　華筵璀璨中國風

贈孫培良（工會主席）　一九九五年九月十九日望亭

培花點綴鋼園囿　良木招引金鳳凰

贈汪毓明（冠雲樓總經理）　一九九五年九月二十一日蘇州

毓秀青山觀勝景　明朗華屋列珍饈

又

信義千朋聞閭閭　水天一色太湖明

贈王智明（武術家）　一九九五年九月二十二日望亭

智植虹松迎海客　明舒猿臂擒蛟龍

贈陳霞芝（所長及其女青華）　一九九五年九月二十二日望亭

霞光煥彩青山醉　芝草鍾靈華鏡妍

贈陳志昌（望亭電廠書記、清華畢業）　一九九五年九月二十二日

長纜萬塔凌雲志　明月千家敬業昌

贈吳嘉生（望亭電廠副廠長）　一九九五年九月二十二日望亭

嘉惠一方同仁樂　生情四季福祉多

贈周培瑛（服務員）　一九九五年九月二十二日望亭

培花馥鬱倩姿古　瑛蕊繽紛秀色新

贈候常福（單縣公安局長）　一九九五年十二月四日

常懷百姓安居樂　福澤一方玉宇清

贈李永春、王昭榮伉儷　一九九五年十二月四日

永駐春光保銳氣　昭彰榮譽衛家園

贈張慕槎（諸暨人）　一九九五年十二月二十日

舊夢靈均長景慕　新詩煮石泛仙槎

〔注〕靈均，屈原號，諸暨元代畫家王冕，號煮石山農

贈周貴生　一九九五年十二月二十日

貴操勝券業　生發祥雲家

贈馮全生（成都）　一九九五年一月十四日

《沈行楹聯集》

全景峨山覽貢嘎　生花錦水綻芙蓉

贈周熙華　一九九六年二月十九日

熙洽郎環富　華滋蘭蕙香

紅葉題詩星斗燦　曉風凝露琳玉光

贈魏恒平（沛縣委辦公室主任）　一九九六年三月十一日

楊柳依依微水夏　軍容赫赫漢宮秋

贈楊軍（沛縣建委主任，主建漢魂宮）　一九九六年三月九日

贈陳紅星、曉琳伉儷（統戰部）　一九九六年三月十一日

恒治千朝漢律鑑　平波萬頃海鴻來

贈郭強、張如三伉儷　一九九六年四月十一日

如盈碧水三春麗　郭繞青山四季強

贈周運東　一九九六年四月十一日

雄風長起宏圖運　旭日恒升大海東

贈王軍、蔣霞萍伉儷　一九九六年四月十二日

王畿吳苑軍容壯　霞色湖光萍葉園

贈聯
贈聯

一七五
一七六

【大事记续表】

根壯鄉情興地利　忠忱民意握天平
贈高根忠（海寧市人大主任，法院院長）　一九九六年四月十二日

道通南北山川麗　明鑒古今典籍豐
贈王道明（海寧駐京辦主任）　一九九六年四月十二日

超群出巾幗　英氣聚蛾眉
贈賈超英（企業家）　一九九六年四月十二日

玉饌珍饈逞妙手　瑞雲祥氣滿璇宮
贈侯玉瑞（勞動大廈餐飲部經理，特一級廚師）　一九九六年四月十六日

美食中華文化振　嘉賓世界心儀東
贈張振東（勞動大廈餐飲部副經理，特二級廚師）　一九九六年四月十六日勞動大廈

建樹長年石景美　民樓徹夜華燈輝
贈宋建民（石電廠廠長工作部部長）　一九九六年四月二十日

劉海金蟾人兆吉　瑋鈴玉轡馬御風
贈劉瑋（司機）　一九九六年四月二十日

凡夫繼聖榮齊魯　立足創業轉紡輪
贈卜凡立（紡織機械廠長）　一九九六年四月二十五日單縣

《沈行楹聯集》

贈聯

贈聯

遍地桐花來紫氣　滿天霞彩降祥雲
贈趙進（皮件廠長）　一九九六年四月二十六日單縣

秀麗山川懷八閩　興隆事業幸三生
贈李閏生（廠長，生於福建）　一九九六年四月廿六日

慈懷冬暖民心悅　亮察秋毫法理平
贈胡慈亮（法院院長）　一九九六年四月二十六日單縣

樂園環翠勤忠守　嘉禾獻丹澤惠民
贈毛守民（單縣林業局長）　一九九六年四月二十六日

融通萬國人衍慶　富澤一方業績明
贈孟慶明（中國銀行行長）　一九九六年四月二十六日單縣

門對牌坊觀絕藝　廊盈翰墨散清香
贈單縣聽雲閣畫廊　一九九六年四月二十七日

勝景一方交四省　海洋萬斛納三江
贈陳勝海（中國銀行）　一九九六年四月二十七日

題景一式交四省　　滿章萬摘座三万

題樂觀海（中國發行）　　一九六六年四月二十五日

門樓軍運踏險峰　　源盈靜墨遺當香

題單線鞭雲園畫卷　　一九六六年四月二十五日

蝠頭萬園人許願　　富野一式業藍巴

題盈盡藍巴（中國發行）　　

樂園景翠權忠宅　　嘉禾爛松辭惠召

題忠巴（中國發行）　　一九六六年四月二十六日單辯

慈對今觀勾小勾　　亮樂燦臺志恩平

題思慈景（長綠軍牧）　　一九六六年四月二十六日

題手宅勾（筆總林業世錄）　　一九六六年四月二十六日單辯

愙廪山川對八間　　興劇軍業峯三甲

題本園宇（筆身、空苓藤栽）　　一九六六年四月廿六日

愿與騂呆束繫雲　　蕭天寳深辭祥雲

題蹈雄蓋（丧竹氣身）　　一九六六年四月二十六日單辯

尸头繩望業資書　　立名障業輔送繪

大計盈縮策

題　綸
綸

題十儿立（勞繡辭嬌觀身）　　一九六六年四月二十五日單辯

匡讅金觥人米告　　乾笺注骨巳膽属

題匚翳簟（巨觚）　　一九六六年四月二十日

步樹勾軍許景美　　別對翰效華發輝

題末步勾（古宙氣身工好徳特身）　　一九六六年四月二十日

美貧中華文好嶂　　嘉霄三界小鏡束

題眹飛束（丧徳大員祭發塘樀登里，林二錢佩砺）

淫雲辭束辭惠宫　　一九六六年四月十六日袋懷大奧

題刻王嘛（长徳大員祭發塘登里，廿一錢佩砌）　　一九六六年四月十六日

風稻出中甲　　英屏寨雄圖

題賈歐英（企業景）　　一八六六年四月十二日

首畫商乔山川墨　　世鍫古令典藝豐

題王首巴（长寧鄒京轅主刊）　　一八六六年四月十二日

昇出華摘興典味　　忠村勾意惠大平

題高界忠（荣举市入大主府·荣辭筑錄）　　一八六六年四月十二日

《沈行楹聯集》

贈聯

贈聯

一七九

一八〇

贈時聖旺（二輕局長）　日新月異時逢聖　蒼萃集珍業倍旺　一九九六年四月二十七日山東單縣

贈劉奎軒（建築業）　奎閣凌雲起　軒窗入眼明　一九九六年四月二十七日單縣

贈封傑、貴英　封姨花信三春傑　貴客友情四季英　一九九六年四月二十七日單縣

贈志強、封麗　強風吹勁草　麗日照繁花　一九九六年四月二十八日單縣

贈霍太平、業敏　百年事業敏　萬里馳太平　一九九六年四月二十七日單縣

贈李玉坤（城建局長）　福地多金玉　朗天淨乾坤　一九九六年四月二十七日單縣

贈楊全仁（城市規劃）　全景風物美　仁圖民意懂　一九九六年四月二十七日單縣

贈孫忠海、鳳華伉儷（司機）　忠信御風馳四海　鳳鳴棲木駐年華　一九九六年四月二十八日單縣

贈張存金（單縣縣長）　繼世千秋業　田瓏萬畝金　一九九六年四月二十九日單縣

贈陶繼田（副縣長）　存意關民瘼　金輝立政綱　一九九六年四月二十九日單縣

贈霍太華　門對桐花紫　窗含麥穗黃　一九九六年四月二十九日單縣

贈李葆善（大地書畫院主人）　大雅丹青業　地靈名士風　一九九六年四月二十九日單縣

又　葆永青春探海窟　善緣翰墨達天涯

贈劉光明（司機）　光燦千載繼　明燈萬里行　一九九六年四月二十九日單縣

贈李霞（沛縣博物館館長）　李杜文章傳百世　霞霓博物考千秋　一九九六年五月六日沛縣

贈李榮啟（沛縣委副書記）　一九九六年五月七日沛縣人大會堂

沈行楹聯集

贈聯

榮邦富國開宏業　啟後承前振漢風

允文允武名城古　超域超時曲調新
贈郝允超（沛縣文化局長）一九九六年五月七日江蘇沛縣

顯赫華堂添錦繡　永恆福祉展鴻猷
贈張顯永（沛縣人大會堂經理）一九九六年五月七日沛縣

縹帙挑燈晷日繼　梅花橫笛對月明
贈呂繼明（沛縣財辦主任）一九九六年五月七日沛縣

寶地一方襄盛舉　德風四省集英才
贈陳寶德（沛縣人大主任）一九九六年五月八日沛縣

存心爲眾春風暖　義膽對人良友多
贈胡存義（政府辦公室主任）一九九六年五月八日沛縣

德風萬里鯤鵬路　蘇酒一杯琥珀香
贈吳德蘇（計生委書記）一九九六年五月八日沛縣

正殿凌空三百丈　新園擬古兩千年
贈韓正新（漢城公園園長）一九九六年五月八日沛縣

蘇杭勝景傲遊遍　海陸錦程馳騁長
贈戴蘇海（司機）一九九六年五月八日沛縣

葉漏天光青春草　蔚然月色紅馥花
贈葉蔚　一九九六年五月八日沛縣

樹茂千章興巨廈　芹香十里煥新城
贈李樹芹（同昌集團總經理）一九九六年五月十一日徐州

聞雞起舞青春曉　躍馬奔騰金艷陽
贈陳曉陽（輕工業公司工程師）一九九六年五月十一日徐州

滿座春風臨玉樹　四方俊彥聚雕珊
贈梁樹珊（市政府招待處）一九九六年五月十一日徐州

文情絢爛關民瘼　才氣縱橫寫史詩
贈廖文才（徐州市政協主席）一九九六年五月十一日徐州

旭日薰風齊奮振　長天彩靄罩雲龍
贈胡振龍（徐州市委副書記）一九九六年五月十一日徐州

贈胡漢民（輕工業公司經理）一九九六年五月十一日徐州

漢魂百世昆侖雪　民氣千秋東海潮

贈王希龍（徐州市委書記）一九九六年五月十二日徐州

希冀雲山連寶地　龍騰湖海得驪珠

贈孟慶華（市府秘書長）一九九六年五月十二日

彭城多壽人衍慶　徐野漫春樹滿華

贈丁養華（市長）一九九六年五月十二日徐州

養氣浩然身國本　華章煥若口碑朗

贈吳晶（市委副書記，無錫人）一九九六年五月十二日徐州

吳鈞拍遍太湖浪　晶玉共昇東海霞

贈曹開林（人大副主任）一九九六年五月十二日徐州

開懷嘯傲明珠抱　林鬱蔥蘢嘉果豐

贈曲學文（賓館）一九九六年五月十二日徐州

古今中外俱學　衣食住行皆文

贈宋心強、丁燕燕伉儷 一九九六年五月二十三日

心涵坦道八方達　強拂春風雙燕歸

《沈行楹聯集》

贈聯
贈聯

一八三
一八四

贈丁捷、王秀雲伉儷 一九九六年五月二十三日

丁香錦簇丹心捷　秀實雍容紫陌雲

贈張達（東坡餐廳）一九九六年五月二十五日

東方饌藝張瓊宴　坡上雲綺達海涯

贈陳品榮（港人，收藏家）一九九六年六月二日

品位自高閩浙石　榮譽並盛港臺風

贈閔祥德（書法家）一九九六年六月四日

祥和奔放毫端藝　德懋涵淵翰府功

贈胡層林 一九九六年六月十日

層巒疊嶂晴嵐起　林壑流泉天籟鳴

贈梁亞權 一九九六年六月十日

亞美恒通銀翼近　權量在握金斗豐

贈郁德水、高玉翠伉儷 一九九六年六月十日

德懷磊落水流潔　玉佩玲瓏翠毅香

贈喬永魁、徐鳳玲伉儷 一九九六年六月二十一日

永錫宏圖魁偉業　鳳開彩鏡玲瓏裝

贈趙明（公司總經理）　一九九六年六月二十一日

豪情歌燕趙　盛業摘星明

贈顧斌（陝西耀縣書記）　一九九六年九月二十二日

顧曲周郎雅　斌才陶令情

贈王鴻珠（耀縣旅遊局長）　一九九六年九月二十二日

鴻雁八方集　珠璣千載多

贈何文玲（耀縣文化局長）　一九九六年九月二十二日

文翰斑斕色　玲瓏清越聲

贈何耀臣（耀縣團委）　一九九六年九月二十二日

銀漢欽星耀　青春獻國臣

贈張東亮（耀縣駐京辦主任）、一九九六年九月二十二日

東馳迎日出　亮閃懷秦風

贈張權民（傑聯裝飾公司）　一九九六年十一月七日

權衡京港鯤鵬傑　民望中西珠璧聯

《沈行楹聯集》

贈聯

贈聯

贈張存金（單縣縣長）　一九九六年十二月四日

存心有術關民瘼　金璽無私立政綱

贈張鵬旭、王鳳雲伉儷（二炮）　一九九六年十二月七日

鵬搏扶搖凌旭日　鳳翔錦囿展雲霞

贈田明強（單縣司法局長）　一九九六年十二月七日

明鏡秋毫察　強風廓宇清

贈胡克禹（陝西耀縣縣委書記）　一九九七年二月八日

克承千載允文武　禹蹟九州達海江

贈馮百成（耀縣辦公室主任）　一九九七年二月八日

百川匯海涵容大　成竹在胸遊刃餘

贈吳軍（瀋陽市府秘書長）　一九九七年二月八日

吳鈞拍罷歌慷慨　軍陣擬來促盛昌

贈李春山（二炮）　一九九七年二月十六日

春山前望千峰翠　江水長流萬里程

贈張建侖　一九九七年二月十八日

清風臨樹建　瑩雪滿昆侖

贈陳炎（義烏宗教局長）　一九九七年六月十二日義烏

贈宋雲霄（建材局長）

雲端崇廈起　霄漢壽星明

贈蘇敬熙（中醫主治醫師）　一九九七年二月二十日

敬業青囊奧　熙和丹寵香

贈勝勇（電腦）

勝境網聯全世界　勇風技闖眾山巔

贈舒志剛（江蘇）

志探驪珠遊藝海　剛剖璞玉燦虹霓

贈陳曉林（國務院）　一九九七年四月二十七日

曉風舞劍寒光影　林靄鳴禽清越聲

贈范賢彪　一九九七年五月十六日

賢良昭滬瀆　彪炳緒春申

贈沈抗　一九九七年六月一日無錫青山別墅

沈園雅趣山陰道　抗意鴻猷水上宮

沈行楹聯集

贈聯　贈聯
一八七　一八八

贈明春　一九九七年六月一日無錫

明鏡波光萬頃碧　春風花簇四圍香

贈孟慶厚（澳方總經理）　一九九七年六月一日無錫別墅

慶祥京兆春花茂　厚澤湖鄉秋實繁

振興華光塵囂遠　素心英淑室和同

贈吳振華、王素英伉儷　一九九七年六月三日望亭

洪圖家國千秋盛　良匠古今一脈通

贈孫培良、邱洪良伉儷（工會及古建）　一九九七年六月三日望亭

贈孫慶明、胡萍伉儷　一九九七年六月三日望亭

慶祥坦道飛輪疾　明鏡湖光萍葉圓

贈劉惠娟、周國強伉儷（會計、廚師）　一九九七年六月三日

惠鳳娟秀太湖水　國粹強珍美玉盤

贈王旭東（畫家）　一九九七年六月三日望亭賓館

旭日東昇盈朝氣　丹青世界擷精華

水滸題詞集

陳蹟重光開寶殿　炎黃再振建繁邦
一九九七年六月十二日義烏

贈王松富（宗教局）
松風萬壑友情廣　富促一方業績多
一九九七年六月十五日義烏

贈蘇晉仁
晉壽衡山耋耆健　仁風燕塞娜嬛馨
一九九七年六月十五日義烏天鵝賓館

贈陳淵（養蜂人）
陳醅怡人蜂釀蜜　淵深懷寶驪含珠
一九九七年六月十五日義烏天鵝賓館

贈陳震（廣告公司）
陳藝新翻民俗趣　震聲廣被市廛風
一九九七年七月十九日

贈廣東陸豐，配虎圖聯
百載一朝雪國恥　千山萬壑嘯雄風
一九九七年八月二十三日

贈韓通（醫藥）
千古文宗韓　九秋藥王通
一九九七年八月二十三日

贈吳承德（電影公司經理）
承揚家世膺金獎　德劭藝風耀銀屏

沈行楹聯集

贈祁向東、劉衛華伉儷（廚師、會計）
向榮美饌東方絕　衛守珠璣華夏隆
一九九七年八月二十三日『芥茉墩』酒家

贈許登文（商丘政協副主席）
登臺關伯榮光遠　文苑朝宗藻翰多
一九九七年九月二十六日
【注】商丘有關伯臺祀「大火星」，有明末清初四公子之一侯方域（字朝宗）故居

贈胡海赴莫斯科
胡天飛瑞雪　海窟探驪珠
一九九七年九月十九日

贈劉玉傑（商丘政協辦公室主任）
玉聰碧野春風疾　傑士中原少壯翩
一九九七年九月二十六日

贈鄒建馮（江西今賢閣筆店）
建樹洪都生彩筆　馮虛牛斗御清風

贈李海榮
克紹前賢遊藝海　漫舒妙筆博楣榮
一九九七年十一月八日

贈妻德平
藝事千般德　碧波萬里平
一九九七年十二月四日

贈葛菁
一九九七年十二月六日

《沈行楹联集》

赠联

葛茂顏長駐　菁英藝永芳

贈劉文蘋　一九九七年十二月六日

文靜蓬萊姝　萍蹤藝海遊

贈陳旭東（編導）　一九九七年十二月六日

旭輝映妙筆　東海起洪濤

贈張倩　一九九七年十二月六日

張望雲天闊　倩容蘭蕙芳

贈李煥良（耀縣縣委書記）　一九九七年十二月

煥然千嶺碧　良策一心丹

贈常金龍、謝玉琴伉儷（司機）　一九九七年十二月十三日

金光馳道龍騰遠　玉律清音琴韵長

贈劉銀華（常州）　一九九八年一月十八日

銀裝瑞雪紅梅閣　華夏坦途大運河

贈歐陽文安（北京市商貿工委書記）

文蔚京畿燕市盛　安詳首邑物華豐

贈人聯

春陰北海飛花雨　秋爽西山泛葉霞

贈常金龍、謝玉琴伉儷

金光馳道龍駒躍　玉律清音琴瑟和

贈李志新、孫燕紅伉儷

志踏秋雲新瀣露　燕穿春雨紅綻花

贈馮雷（山東畫報出版社編輯）　一九九八年二月七日

馮虛風御蓬萊近　雷迅雲蒸縹帙繁

贈汪稼明（同上總編輯）　一九九八年二月七日

稼穡芸編金粟地　明湖心鑒碧雲天

贈崔毅、叢惠珠（工藝、經貿學院）

崔嵬藝路登攀毅　惠澤經綸信探珠

贈黃修仲、章正義伉儷（企業家，兒科醫）　一九九八年二月十四日

修德陶朱堪伯仲　正心青主有義方

贈鄒節洪、李海紅伉儷（江西今賢閣筆廠）　一九九八年三月四日

節催春色洪都麗
海映秋光紅葉鮮

贈蕭懷安（鐵道學院書記）　一九九八年三月
懷志移山力
安寧縮地功

贈王久戰（鐵道學院）　一九九八年三月
久道通南北
戰情憑略彀

贈白經先（廣西政協主席）　一九九八年三月二十九日
經緯觀日月
先哲傳詩人

贈劉鳳翔（名人協會書畫院）　一九九八年六月二十日
戎馬青春憶鳳翥
斯文老壯更龍翔

贈桂生（編輯）　一九九八年七月九日
香飄瓊宇月中桂
字綴聯珠筆底生

贈劉三保（新余市政府秘書長）　一九九八年七月二十八日新余
三棲軍政法
保衛國家鄉

贈張蘭英（新余市政府辦公室副主任）　一九九八年七月二十八日江西新余
蘭麝芳田野
英華照府堂

贈劉萍（新余市科協副主席）　一九九八年七月二十八日新余
劉溯珠江水
萍浮紅葉詩

贈曹二俚（新余市長）　一九九八年七月二十八日
二德昌明文武以
俚風敦厚古今然

贈鍾宜彩（副書記）　一九九八年七月二十八日新余
宜創雙樓彰業績
彩聲千里頌宏城

贈丁耀明（新余市委書記）　一九九八年七月二十八日江西新余
耀眼一方起新秀
民情兩岸共斯文

贈胡孔德（新余市旅遊局長）　一九九八年七月二十九日白鷺山莊
孔明山水透
德劭遠客來

贈周青（新余市委秘書長）　一九九八年七月三十日新余
周圍山色華堂燦
青嶂通途駿馬馳

贈李逢春（副秘書長）　一九九八年七月三十日新余
逢水暢懷鷺羽疾
春風得意馬蹄輕

贈甘自敏（新余市政協主席）　一九九八年七月三十日新余

自律奉公交友廣　　敏思處世得心源

贈鄒建華（新余司機）　一九九八年七月三十日

短髭擬影視　　駿馬馳中華

贈蕭敢、張琦鳳伉儷（為予駕駛自贛赴湘）　一九九八年七月三十日新余

蕭蕭風聲勇敢闖　　琦琦玉佩鸞鳳鳴

贈蔡曉明（副市長）　一九九八年七月三十日江西新余

袁水魁星金閣曉　　仙湖神女羽衣明

贈劉萍、熊光伉儷（科協副主席、林業局）　一九九八年七月三十日新余

熊鹿林莽光峻嶽　　劉阮天台覓萍蹤

贈劉永思（副市長）　一九九八年七月三十日新余

永葆青春選新秀　　思窮哲理開先河

贈李中西（司機，曾從軍赴西藏）　一九九八年八月二日長沙

中華大地馳驅遍　　西綫邊疆瀟灑回

贈候振挺（長沙鐵道學院副院長）　一九九八年八月三日長沙

振衣千仞凌峰頂　　挺脊一朝增國榮

《沈行楹聯集》

贈聯　　一九五

贈聯　　一九六

贈李育斌（鐵院學報主編，山西人）　一九九八年八月三日長沙鐵道學院

育德淵源晉宋塑　　斌才湧蔚楚嶽雲

贈譚瑞志（電腦企業家）　一九九八年八月三日長沙

瑞兆環球通瞬息　　志雄華夏奪先聲

贈趙安泰（企業家）　一九九八年八月三日長沙

安瀾瑰寶瑩珠海　　秦緒斯文憶洞庭

贈趙燕泰　一九九八年八月三日長沙

燕塞風雲歸萬里　　秦宮花草詩千行

贈張以坤（湖南省財政廳長）　一九九八年八月三日長沙

以興四水一方足　　坤載三湘萬物豐

贈谷士文（鐵道學院院長、電腦、圖文）　一九九八年八月三日長沙

理闡微機有國士　　奧窮宏構顯圖文

贈維智（長沙鐵道學院副院長，交通運輸）　一九九八年八月三日長沙鐵道學院

維繫四方樞輻輳　　智連八極暢通衢

贈劉驥（鐵院原教育處長，道路橋樑）　一九九八年八月三日長沙鐵道學院

劉肇天台橋可渡　　驥騄地角道堪通

慶氛鼎盛一肩任　柱礎石堅百世基
贈周慶柱（鐵院副院長，土建）　一九九八年八月三日長沙

之鑒古今興荊楚　享民憂樂澤瀟湘
贈唐之享（湖南省副省長）　一九九八年八月三日長沙

承光孝肅勤安治　渭水子牙聞釣詩
贈王承渭（學公安，善作詩）　一九九八年八月三日長沙
［注］包拯卒諡孝肅，子牙、姜太公

鑫運中原雄上蔡　福盈南國執天平
贈蔡平（鑫福公司總經理）　一九九八年八月三日長沙鐵道學院

見厦東亞冠首邑　奎星環宇落郴州
贈唐見奎（湖南省政府秘書長，曾在郴州訓練女排）　一九九八年八月四日長沙神農大酒店

洪流電子輪千里　波動磁場控萬方
贈蘇洪波（博士、電學）　一九九八年八月四日長沙

安施數據大千界　嶽麓山連泰唔河
贈陳安岳（數學家，英·格林尼治大學教授）　一九九八年八月四日神農大酒店

《沈行楹聯集》

贈聯　　贈聯　　一九七　一九八

長風萬里飛馳軌　卿業四方展鴻圖
贈韓長卿（三茂鐵路實業公司老總）　一九九八年八月四日長沙

放眼嶺南觀世界　宇容江朔念家鄉
贈侯放宇　一九九八年八月四日長沙神農大酒店

戈壁綠洲憑潤澤　揚聲朱厦鬪豪華
贈侯戈揚　一九九八年八月四日長沙神農大酒店

魏紫桃黃誇國色　言姝意妍出熒屏
贈魏姝妍（北京電視臺，中央電影學院）　一九九八年八月廿日來採訪，即興書

任意銀波萬戶秀　雁翔雲陣一行詩
贈任雁（北京電視臺）　一九九八年八月二十日勝寒樓

振興古皖遍金粟　榮展新猷建玉橋
贈曲振榮（合肥）　一九九八年八月二十六日

濟世猶仙呂　仁懷愈孃娜
贈呂娜（科協大夫）　一九九八年八月二十八日

贈亞男、俊武　一九九八年九月四日

俊秀允文武　亞賢傳女男

贈宋攀峰（科協臺辦）　一九九八年九月四日
攀登泰嶺懷疇昔　峰涉燕山看今朝

贈林岷、鄭義慶伉儷　一九九八年九月
林深岷嶺西窗雪　義蔚慶雲東海潮

贈胡湘陵（長沙鐵道學院教授）　一九九八年九月十三日
湘竹紫斑開智竅　陵雲白鷺引遐思

贈賈中江（科協組織部副部長，學物理）　一九九八年九月十三日
中識邃淵探奧理　江流澄澈滌塵寰

贈王佩山（原曙光廠廠長）　一九九八年九月十三日、
壯昔彎弓懷玉佩　怡今垂釣對青山

贈褚惠良（海寧法院審判官，詩社社長）　一九九八年九月二十三日
惠澤黎元持典泉　良吟翰館聚菁英

贈趙紅書（北京市富達食品公司）　一九九八年十二月十六日
紅錦千屏開玉食　書城萬峽綻金葩

《沈行楹聯集》

贈聯　贈聯　一九九　二〇〇

贈李味青（九十一歲老畫家）　一九九四年十月南京
落筆無窮味　仰山不盡青

贈曹干城、胡鵑新婚　一九九四年十月八日南京
干藝石城瑯環富　胡旋杜鵑爛漫紅

贈李君啟（山東亞星集團總經理）
君子泰山聯歐亞　啟明東海耀晨星

贈唐瑞山（唐山市工藝美術廠書記）
瑞靄氤氳唐市美　山泉清澈瀲水長

贈許瑾利、程立群伉儷
瑾瑜在握心敏指巧，精工興利　立範有方襟敞胸寬，敬業樂群

贈錢永濤（天目藥業公司董事長）　一九九九年九月二日臨安
永世傳心黃石訣　濤聲延壽赤松丹

贈蔣炳瓊（同上副董事長）　一九九九年九月二日臨安
炳月一輪開銀鏡　瓊花千里送金風

贈錢永濤、慈貞伉儷　一九九九年九月四日臨安衣錦市

【大事年表】

永固金湯濤拍岸　慈祥宏廈貞繁花

贈乾敏法師　一九九九年九月三日於臥龍寺

乾坤佛法大　敏慧海潮高

贈沈立新聯（新余書法家，詩友）　一九九九年十二月四日

立足宏基揚國粹　新詩雅韻動鄉關

贈鍾炳文（湖州市三泰公司總經理）　一九九九年十二月十七日

炳輝百世范蠡跡　文采一方震澤光

贈徐虎耿（湖州市銳獅鍊傳動集團董事長）　一九九九年十二月十七日

虎銳獅雄創偉業　耿懷遠略構崇樓

贈周波（煙臺市委書記）　二〇〇〇年二月二十七日

周崎崇樓安萬戶　波平大海揚千帆

贈朱麗明（海寧法院審判監督庭庭長）　二〇〇〇年二月二十七日

麗日潮平騰正氣　明珠海晏泛清光

贈黃坤明（湖州市長）　二〇〇〇年四月九日

坤寧寶地千樓起　明澈平湖萬舸飛

【沈行楹聯集】

贈聯

贈聯

贈蔡聖初（湖州市副市長）　二〇〇〇年四月九日

聖世新猷懷社稷　初衷宏略壯山河

贈卓曉（湖州經濟開發區副主任）　二〇〇〇年四月九日

卓策鴻圖開玉闕　曉風鶴舞沐金光

贈胡偉（湖州市物資辦公室主任）　二〇〇〇年四月九日

胡笳聲切縈南北　偉廩阜豐聚驛津

贈陳海龍（湖州市航運管理處主任）　二〇〇〇年四月九日

海闊天空達九派　龍翔鳳翥競千帆

贈章旭昶（湖州市長秘書）　二〇〇〇年四月二十九日

旭輝筆健東方曙　昶盛文裁南國風

贈王金根（湖州市委副書記）　二〇〇〇年四月二十九日

金珠璀燦群黎富　根葉葳蕤滿園榮

贈鄔泉林（海寧市委副書記）　二〇〇〇年四月二十九日

泉清石潤雙山秀　林密花繁萬戶春

贈趙樹梅（海寧市長）　二〇〇〇年四月二十九日

樹拂清風聆颯爽　梅開朗月播芬芳　贈章競前（海寧市計委主任）　二〇〇〇年四月二十九日

競爭朝夕興邦域　前展精微繪壯圖　贈徐建國（海寧計委副主任）　二〇〇〇年四月二十九日

建功孔卓翔鴻業　國祚昌隆澤潮鄉　贈任有法（海寧計委副主任）　二〇〇〇年四月二十九日

有規擘劃城鄉盛　法度權衡欹側平　贈王道明（海寧駐京聯絡處主任，部隊轉業）　二〇〇〇年四月二十九日

道通南北懷戎馬　明嗜丹青舞曉雞　贈熊盛榮（獸醫，將赴日本）　二〇〇〇年五月三日

盛世坦原馳駿馬　榮途瀛海騫雄鷹　贈張義香（連雲港革命紀念館館長，女）　二〇〇〇年五月一日

偉史緬懷申大義　繁花盛綻有奇香　贈王統白（同上，女，善書法）　二〇〇〇年五月一日

統觀名跡承家學　白潔瑤箋妙手裁

雲臺秀嶺清風永　東海揚帆明月生　贈劉永生（連雲港市新浦區辦事處書記）　二〇〇〇年五月一日

榮盛一方傲震澤　華滋千載甲運河　贈周志迪（嘉興市秘書長）　二〇〇〇年五月六日

志高筆點文昌閣　迪啓詩思煙雨樓　贈楊榮華（嘉興市市長）　二〇〇〇年五月六日

錫祥美石堪怡性　桂蕊清香播遠名　贈汪錫桂（商業部，玩石家）　二〇〇〇年五月十七日民族宮

良朋瀟灑遍寰宇　瑛玉溫馨潤華章　贈徐良瑛（中國文化報，美術周刊主編）　二〇〇〇年五月十七日於民族文化宮

建瓴高屋八方察　春陌飛輪萬里通　贈任建春（交通局宣傳處）　二〇〇〇年五月二十日

京召賢士歸一統　燕剪春風達萬家　贈丁京燕（中央統戰部人事處長）　二〇〇〇年五月二十日

贈唐吟方（海寧人，書畫家，《收藏家》編輯）　二〇〇〇年五月二十日

沈行楹聯集

贈聯 二〇五　贈聯 二〇六

吟詩作賦丹青永　方矩規圓翰墨長
贈斯鑫良（湖州市委書記）二〇〇〇年五月三十日

鑫運茗溪飼立鶴　良辰東海看騰龍
贈劉雨、彭雪平伉儷（故宮器物室主任，其女兒名霏霏）二〇〇〇年七月八日

雨幕輕垂煙漠漠　雪花曼舞玉霏霏
贈陳炳華（海寧軸承廠廠長，原計經委）二〇〇〇年八月八日

炳耀鋼珠恒轉疾　華滋玉冊催興隆
贈陳伯明（海寧市審計局局長）二〇〇〇年八月八日

伯怡春水吳鈎月　明察秋毫寶鏡風
贈沈樹人（深圳龍崗區宣傳部長）二〇〇〇年八月八日

樹言南國飛花雨　人仰北宸播德風
贈郭殿堂（根雅齋）二〇〇〇年八月十三日大興青雲店解州營

根深開敞殿　雅趣滿華堂
贈白雅萍（石電辦公室主任）二〇〇〇年八月十三日大興

雅意盈一室　萍蹤達萬家
贈陳虹（歌唱家）二〇〇〇年九月六日

陳曲新聲情暢茂　虹霓靚彩葆青春
贈陳珂（茶藝館主人）二〇〇〇年九月六日

陳獻嫩芽烹雀舌　珂鳴雅室賞鴻圖
贈張偉基（深圳龍崗區委書記）二〇〇〇年九月九日

偉圖華夏群星耀　基業神州鐵骨錚
贈歐可防（同上辦公室主任）二〇〇〇年九月九日

可表丹心南嶺樹　防堤應手東海潮
贈王康新（海澱公安局）二〇〇〇年十二月七日

康潔一身自立德　新猷千禧重安民
贈張丹寧博士（醫藥）二〇〇〇年十二月二十六日

丹心一片爲人類　宇宙億年探奧冥
贈俞紅（海寧市政府辦公室副主任）二〇〇〇年一月七日

俞祥元瑞繁榮世　紅樹青山錦繡鄉
贈周貴生　二〇〇一年一月十四日

水印版画集

款款

二九六
二〇五

市喧墨韻貴　山峻白雲生

贈胡澄、姚咏梅伉儷

胡笳聲切咏飛雪　澄水波平梅綻花　二〇〇一年一月二十六日

贈謝世安（電訊）

世紀星球驚變小　安居資訊喜靈通　二〇〇一年一月二十六日

贈吳關佳（海寧辦公室副主任、機關事務管理局局長）

闊懷黎庶掖青俊　佳訊翺鵬上白雲　二〇〇一年三月二十八日海寧賓館

贈張鎮西（文化局副局長）

鎮寶萃珍意蘊古　西文東學融流長　二〇〇一年三月三十一日海寧

勉張倬爾小友

倬躍潮頭爭首幟　爾潛書海奪驪珠　二〇〇二年六月四日海寧

贈吳偉強（海寧市副市長）

偉雄策略開金砝　強勁文風爽紫薇　二〇〇二年三月三十一日海寧賓館

贈褚瑞祥（市府辦副主任）

寧氛玉宇卿雲瑞　繁盛瓊園簇錦祥　二〇〇二年三月三十一日海寧

《沈行楹聯集》

贈聯

贈朱祥華（市辦公室主任）

祥兆麒麟歌盛世　華滋松柏滿彤庭　二〇〇二年四月一日

贈周金林（機管局副局長，部隊轉業）

金戈鐵馬當年事　林海花山今日情　二〇〇二年四月一日海寧

贈嚴海城（文化局長）

海潮千里湧文采　城闕萬家默化情　二〇〇二年四月一日

贈吳德健（海寧市博物館）

德馨金石遊於藝　健筆書畫陶冶情　二〇〇二年四月一日

贈吳立正

立足於中華文化　正心對世界潮流　二〇〇一年九月五日

贈朱建強、黃曉紅伉儷

建樹強昌臨玉關　曉霞紅燦映潮鄉　二〇〇一年九月廿三日

贈王德高、丁玲娣伉儷（司機）

德御長驅高速道　玲瓏衍慶娣興家　二〇〇二年四月二日海寧賓館

贈沈雪康（嘉興市副市長）　二〇〇二年四月二日海寧

雪滿昆侖融大海　　　　康登岱嶽壯鴛湖

贈徐輝（副市長，工業）　二〇〇二年四月二日海寧

徐啓國門興百業　　　　輝煌寶地富一方

贈馬繼國（城市建設、環保）　二〇〇二年四月三日海寧賓館

繼立高樓隨旭日　　　　國遍嘉樹起清風

贈張煒芬、李陳甫亢儷（中紀實業銀行行長）　二〇〇二年四月四日海寧

陳金遍地甫民利　　　　煒月經天芬海潮

鑫運斯文期精進　　　　焱方旭日展鴻程

勉李鑫焱（中學生）　二〇〇二年四月四日海寧賓館

贈黃修伯、章正儀亢儷（熱力公司總經理，醫生）　二〇〇一年四月四日海寧

修能光熱伯千戶　　　　正術歧黃儀萬方

贈陳加元（嘉興市委書記）　二〇〇一年四月十七日

加慶文昌今勝古　　　　元戎武略往開來

贈毛雪龍（嘉興市委副書記）　二〇〇一年四月二十八日

雪綻紅梅香愈遠　　　　龍騰碧海氣更豪

沈行楹聯集

贈聯
贈聯

二〇九　二一〇

贈李立定（嘉興市委副書記——公安）　二〇〇一年四月二十八日

立威立德八方靖　　　　定勝定功萬戶欣

贈壽劍剛（嘉興市委秘書長）　二〇〇一年四月二十八日

劍匣常鳴君子性　　　　剛鋒勤礪學人風

贈袁建初（海寧衛生局長，篆刻家）　二〇〇一年四月二十八日

建瓴高屋宗秦漢　　　　初試剛鋒剖玉山

贈沈杭（杭州長征中學校長，教外文）　二〇〇一年五月二十七日

沈醇東風臨絳帳　　　　杭興西學益雕龍

贈李傑（國際武術協會主席）　二〇〇一年六月十七日

李桃遍世界　　　　傑士崛神州

贈石玉昌、蘇醒亢儷（畫家）　二〇〇二年六月二十三日

蘇鳴露潤花禽醒　　　　玉潔冰清藝苑昌

贈徐敢（方蘋菓文化傳播有限公司）　二〇〇一年七月二十八日

徐栽茂樹方蘋果　　　　敢摘太空圓月球

贈郗瑞安、李傑亢儷　二〇〇一年七月二十八日

大事記綜述

2001年4月28日，本社立案（嘉興市委編書局——公安）

2001年4月28日，本社立案八式書

2001年4月28日，本社立案八式書，嘉興市委編書局

...（下略）

《沈行楹聯集》

贈聯

瑞馳駿馬平安道　李綻陽春煦傑風
贈羅桂新（建築）　二○○一年九月二十三日

桂月團圓日　新樓崛起時
贈沈鑫根（北京建材局副局長、水泥廠廠長）　二○○一年九月二十三日

鑫運崇樓起　根源活水來
贈王朝棟（徐州市政府秘書長，沛縣人）　二○○一年十一月十四日

朝輝東海日　棟礎漢宮魂
贈夏一忠（東南大學建築系畢業，房地產業）　二○○一年十一月十四日

一依明仲式　忠彰苑蠡風
贈劉恩華（長沙鐵道學院）　二○○一年十二月三日
〔注〕明仲，《李明仲營造法式》

恩澤千湖碧　華滋萬葉丹
贈薛立秋（人大會堂管理局書記）　二○○一年十二月九日

慶典千年華廈久　喜來萬里嘉賓多
贈王慶喜（人民大會堂管理局局長）　二○○一年十二月九日

立足青雲護玉闕　秋風紅樹麗金甌

贈張樹林（中央電視臺『金土地』欄目策劃）　二○○二年三月二日
樹木葳蕤金土地　林花燦爛銀熒屏

贈葉時金（海寧市副市長）　二○○二年三月三日
時運紫微雲闕暖　金光綠野露華濃

贈黃天雲（海寧市府辦公室副主任）　二○○二年三月三日
天高水遠潮聲壯　雲淡風輕雁陣高

贈馮水華（海寧市委書記）　二○○二年三月十八日
水天寥廓鯤鵬舉　華廈巍峨燕鵲翔

贈孟建良（海寧市土地管理局局長）　二○○二年三月三日
建序街衢塵聚玉　良謀阡陌土成金

贈徐鋼（體委高級教練，摔跤）　二○○二年四月十一日翠雲樓
徐展奇功擒猛虎　鋼舒豪氣伏蛟龍

贈李京仲（復興醫院書記）　二○○二年四月十一日石景山
京畿仁道熏風拂　仲伯良方甘露施

贈朱福林（區人大副主任）　二○○二年四月十一日石景山

水石缘集

韵绿

三三三

福澤一方民意達　林蔭千道市容妍

贈葉茂峰（茶藝）　二○○二年四月十一日石景山翠雲酒樓

茂綻新芽香滿室　峰縈漫霧翠籠坡

贈劉紀祥（華能集團）　二○○二年四月十一日石景山

紀元華夏盛　祥瑞能源多

贈舒白（藍靛廠中學）　二○○二年四月十一日石景山翠雲樓

舒雲平地起　白玉渾天成

贈徐健（文化用品）　二○○二年四月十一日石景山翠雲樓

徐聞天際樂　健讀壁間書

贈顧餘善（原海寧人大主任，復員軍人）　二○○二年五月二十二日海寧

餘音鐵馬英姿在　善育金鄉俊彥多

贈濮新達（海寧宣傳科長）　二○○二年六月一日海寧賓館五○九房

新風吹徹臨江岸　達識陶冶搏浪人

贈陳國華（市長秘書）　二○○二年六月一日海寧賓館

七千歲文明祖國　十億黎錦繡中華

◀ 沈行楹聯集

贈聯

贈聯

二一三

二一四

贈金富榮（副市長，管財貿）　二○○二年六月一日海寧賓館

富甲錢塘無顧後　榮登優榜更超前

贈戴其明（海寧市府辦副主任）　二○○二年六月二日海寧

其祥萬戶華燈燦　明禮八方紐帶寬

贈俞福高（工業局書記，復員軍人）　二○○二年六月二日海寧

福祉潮城百業旺　高標戎馬一身豪

贈胡志勇大夫（海寧市人民醫院主任醫師）　二○○二年六月二日海寧

志行濟世杏林茂　勇術貽康橘井深

贈鄭進良（長安鎮委書記）　二○○二年六月二日海寧賓館

進境花繁怡萬戶　良圖絲麗萃一方

贈郭新峰（市府辦副主任）　二○○二年六月二日海寧賓館五○九室

新柳千條青意拂　峰巒萬疊白雲深

贈蔣唯民（嘉興市委秘書長）　二○○二年六月十二日海寧

唯德唯馨流秀水　民康民享泛鴛湖

贈沈虹星（市長秘書）　二○○二年六月十二日海寧賓館

【本书编委会】

虹彩映日金粟地　星辰伴月銀河天

贈王玉英（芳迪服飾有限公司董事長）二〇〇二年六月二十日宋家莊

玉手裁芳披錦繡　英姿爽迪蔚虹霓

贈王金奎（北京工貿技師學院校長）二〇〇二年六月二十日

金城百業人才出　奎閣千層鰲占多

贈徐毅英（徐州市委副書記）二〇〇二年六月二十日

毅立彭城添壽域　英姿漢闕拂春風

贈王乃華（國家質管檢查局）二〇〇二年六月二十日宋家莊

乃見長屹傲世界　唯申上品樹中華

贈馬樹良（紫雲閣裝裱主人）

紫閣四方栽茂樹　雲屏萬象藝精良

贈馬樹良、張素芳伉儷（裱畫師）二〇〇二年六月二十六日石景山

樹蔭翰墨喜良飾　素蕊梅蘭自芳菲

贈徐鳴、賈建平伉儷（在捷克創業建公司）二〇〇二年六月二十六日

徐聲鳴徹雙洲陸　建業平昇百丈樓

沈行楹聯集

贈聯

贈聯

二二五
二二六

贈白培植（科普所辦公室主任）二〇〇二年七月六日

培德一身孚厚望　植苗千頃兆豐收

贈王慧梅（中國科協普及部副部長）二〇〇二年七月六日

慧啓心扉增廣識　梅開玉雪播清芬

贈李仰南（內蒙包頭作家，山西人）二〇〇二年八月五日

仰望陰山霞映雪　南懷汾水筆生花

贈雷鳴、周麗英（軍人、記者）二〇〇二年七月六日

雷聲鳴陣旗催鼓　麗景英年筆綻花

贈趙大林、魯海蓉伉儷　二〇〇二年八月五日

大業千尋密林樹　海霞萬里芙蓉天

贈權衛、強曉燕伉儷　二〇〇二年八月五日

權衡衛闕崇樓起　曉爽燕樓比翼飛

贈王躍、鄭彥伉儷　二〇〇二年八月十九日

王城躍創宏圖盛　鄭重彥行籌運隆

贈阮志恒（大興區林業園林局長）二〇〇二年九月一日大興

沈行楹聯集

志在瑯環書萬卷　恒栽嘉木蔭一方

贈鄭懷志（大興區財政局長）　二〇〇二年九月一日青雲鎮解州營

懷理良籌爲民享　志盈瑰寶實京畿

贈盛敏陽（海寧市第三人民醫院院長，長安鎮外科大夫）　二〇〇二年九月十七日

敏栽吳越杏林苑　陽耀機樞柳葉刀　【注】《柳葉刀》（Lancet）世界著名外科雜誌

贈劉秀菊（石景山區工商局副局長）　二〇〇二年十月十八日

秀鳴玉珮清風起　菊燦金秋皓月昇

贈吳廣洲、時躍捷伉儷（教師）　二〇〇二年十一月一日

廣袤五洲雲際客　躍昇穎捷錦標才

贈郝建成、孫鈴伉儷　二〇〇二年十一月一日

建業蘭心成俠義　孫姝蓮步鈴金聲

贈張裕峰（建材商）　二〇〇三年一月二日夜

裕聚良材千秋業　峰攀峻頂百重樓

贈田玉勝、周桂華伉儷　二〇〇三年一月十二日仿膳飯莊

玉樹臨風辭采勝　桂枝凝露月芳華

贈聯

贈聯

二一七

二一八

贈王海壽（海寧市財政局長）　二〇〇三年二月八日

海風頻拂豐饒至　壽字長隨福祿來

贈許建明（海寧財政局）　二〇〇三年二月八日

建樹潮鄉阡陌秀　明燈磈市閭閻光

贈柏玉林、段雅傑伉儷　二〇〇三年三月二十七日

玉樹成林蔭翠竹　雅風嫻傑綻紅梅

贈郭林、林曉霞伉儷　二〇〇三年四月九日

郭繞青山林鬱黛　曉迎紫氣霞飛金

贈張仁貴（海寧市市長）　二〇〇三年四月九日

仁聲六合彰文采　貴盛一方澤庶黎

贈王昇高（海寧市人大副主任）　二〇〇三年四月九日

昇堂入室縈綱領　高屋建瓴思遠謀

贈陳有富（海寧市政協副主席）　二〇〇三年四月九日

有德多才攬彥俊　富民強市納嘉言

贈顏偉光（海寧市委宣傳部長）　二〇〇三年四月九日

大事记续编

《沈行楹聯集》

贈聯

偉岸推潮音愈亮
光屏化雨影多姿

贈翁振進（江蘇省宗教事務局局長）
振興文化融宗教
進步明時彰國魂
二〇〇三年七月三十日

贈馬冬青（江蘇省宗教局處長）
冬梅傲雪花長馥
青樹凌雲葉多蔭
二〇〇三年七月三十日

贈崇菊義（福綏境街道辦事處主任）
菊綻黃金民福綏
義申赤膽境興隆
二〇〇三年九月一日

贈何彬（甘肅軍醫，曾參加多次戰役）
何往金戈倚鐵馬
彬存丹寵伴青囊
二〇〇三年九月二十四日

贈袁振江（高陽縣長）
振衣紫氣至
江上清風來
二〇〇三年九月二十八日

贈焦新華（保定市委組織部長）
新概豐饒白洋澱
華滋雄秀太行山
二〇〇三年九月二十八日

贈莫洪發、朱彩麗伉儷（桐鄉人，菊花、茶葉）
洪盞清芬茶苑發
彩雲絢麗菊鄉昇
二〇〇三年十月九日

贈夏堅輝（海寧市政府辦）
堅玉潮頭雕瑰景
輝珠海窟探奇珍
二〇〇三年十月十四日

贈朱興良（海寧絲商）
興發春蠶絲萬丈
良翔秋雁字一行
二〇〇三年十月十四日

贈邊宇、馮賓秋伉儷（電腦、檢察院）
邊緣逸宇宙
賓至察秋毫

贈邊傑、王敏伉儷
邊塞傑豪日
王蘭敏馥時

贈劉子孝（攝影家）
子啟昌明鏡
孝繼華夏龍
二〇〇二年五月五日潭柘寺

贈陳思芳（徐州人。銀聚公司董事長）
黃葉江天楓凝露
梅花映月竹籠煙
二〇〇四年一月六日上海

贈黃梅
思接雲龍銀浪湧
芳聞淞浦聚金多
二〇〇四年一月六日上海

贈任忠華（徐州《都市晨報》攝影記者）
二〇〇四年一月六日

〈沈行楹聯集〉

贈聯

忠實新聞都市報
華滋晶鏡雲龍湖

贈邱之森（徐州宗教局司機）　二〇〇四年一月六日
之逐長風千萬里
森交良友八方隆

贈張克林、小溪伉儷（房地產、財務）　二〇〇四年四月十六日
克興華夏林蔭麗
小試儁才溪水長

贈黃保娣、茅志明伉儷　二〇〇四年一月六日上海
保業隆昌衍孝慈
志宏達暢賴精明

贈楊列章（曾為戰鬥英雄，少將，畫家）　二〇〇四年一月七日於上海香槐園
列陣金戈鐵馬
章圖水墨丹青

贈崔建中（海寧市委組織部副部長）　二〇〇四年一月十六日
建瓴高屋英才聚
中的環心眾望歸

贈徐元孝（諸暨商人）　二〇〇四年一月十六日
元流品物浦陽水
孝達高峰會稽山　〔注〕諸暨城在浦陽江畔、會稽山側

贈柱方大夫（人民醫院）　二〇〇四年二月二十三日
柱立瑤臺承雨露
方源金櫃錫康寧

贈袁大離（中國企業報記者）　二〇〇四年二月二十三日
大業北天企劃備
離隆南斗儁文多　〔注〕離卦指南方

贈趙大林（包頭企業家）　二〇〇四年二月二十三日
大青山頂鷹展翅
林茂苑中鹿奮蹄　〔注〕包頭稱鹿城

贈封心慈（配壽桃圖）　二〇〇四年二月二十三日
千年結實人增壽
四代添丁果滿園

贈封傑（配中堂畫）　二〇〇四年二月二十三日
紫氣東來觀岱嶽
紅霞西望賞牡丹

贈攝影家陳澤生　二〇〇四年三月十二日昌平
萬象心頭澤
千花鏡裏生

贈陳金明（海寧市財政局長）　二〇〇四年三月十九日
金聚名城根柢厚
明開勝境錦程寬

贈蔣鈺明（海寧市財政局長）　二〇〇四年三月十九日
春潮湧雪堆堆鈺
秋月映花處處明

贈吳偉（律師）　二〇〇四年三月二十七日大興

吳鈎拍罷歌慷慨　偉業拓來伸不平

贈宋維芹（林業工作者）二〇〇四年三月二十七日大興青雲店

維雲施雨露　芹苑吐芬芳

贈張鳳剛（大興區水利局長）

梧桐長棲鳳　松柏性含剛

贈雷加富（國家林業局副局長，原林業部副部長）二〇〇四年四月十八日大興

加梁挺拔千年樹　富國葳蕤萬里林

贈劉向東（總參三部大校）二〇〇四年五月十二日

向天邀月神州路　東海擒鼇完璧圖

中原大計嵩山德　東壁宏篇洛水才

贈閻德才（河南省政策研究室主任，出版集團副總）二〇〇四年五月十二日

王城漢闕歌風盛　鋒鍔微湖映日明 【注】沛縣有劉邦歌風臺，東臨微山湖

贈王鋒（沛縣常務副縣長）二〇〇四年五月十二日

贈孔凡琦（沛縣宣傳部副部長，曾任教師，南師大校友）二〇〇四年五月十八日沛縣

凡塵滌淨揚文化　琦玉研瑩育菁英

《沈行楹聯集》

贈聯　贈聯

贈張春雷（宣傳部辦公室主任，曾任數學教師）二〇〇四年五月十八日沛縣

春風吹九章　雷雨潤一方

贈任澤華（沛縣人大主任，前縣長，愛書法，求配一牡丹中堂）二〇〇四年五月十八日

書香墨韻臨池澤　魏紫姚紅凝露華

贈王錫金老人　二〇〇四年五月十八日即席撰書沛縣

上天錫多壽　夕陽金耀輝

贈張子健（企業家，電子工業）二〇〇四年五月十九日沛縣

宏圖御電子　健足步青雲

贈燕善國（司機）二〇〇四年五月十九日沛縣國畫院

善馳千里馬　國化萬鄉龍

贈王雲（女企業家）二〇〇四年五月十九日沛縣國畫院

王者香蘭麝　雲濤湧雪銀

贈賀成彪（宣傳部秘書）二〇〇四年五月十九日沛縣畫院

成功憑筆墨　彪炳讀文章

贈楊琦（縣宗教局，經營餐館）二〇〇四年五月十九日沛縣衙院

楊柳千條茂　琦瑤萬斛雲

為民千般執　處世一心貞
贈劉執貞（縣財政局局長）　二〇〇四年五月十九日沛縣衙院

馳輪冀緒好　躍馬憶從軍
贈商好軍（司機）　二〇〇四年五月二十日沛縣歌風臺

朝陽阡陌千壟翠　雙壁圖書萬卷長
贈唐朝雙（徐州市副市長，管土地農業。富收藏）　二〇〇四年五月二十一日徐州

小試彎弓射皓月　傑申大義俠豪風
贈潘小傑（武術家）　二〇〇四年五月二十二日徐州

耿煜天山瑩白雪　直行仁術貯青囊
贈耿直（新疆醫科大學中醫學院書記、醫生）　二〇〇四年七月三日

張弓射魄月　暉鏡映文明
贈張暉（中央電視臺《中華文明》製片主任）　二〇〇四年七月三日

登頂梁山眺水泊　廣臻燕闕壯城樓
贈高登廣（山東梁山人，北京城建總經理）　二〇〇四年八月三日

沈行楹聯集

贈聯

贈聯

長懷明月揚州麗　旺燉華燈燕市隆
贈陸長旺（北京城建經理，揚州人）　二〇〇四年八月十九日書

學博軍容壯　賓睞甲冑豐
贈李學賓（總裝備部政治部主任，大校）　二〇〇四年八月二十三日

王道本濟世　河舟善渡人
贈王河（醫生）　二〇〇四年八月二十三日

韓湘化雪藍關道　珣玉煉丹紅院方
贈韓珣（西紅門醫院院長，主任醫師）　二〇〇四年九月二日
【注】唐韓愈句『雪擁藍關馬不前』，其侄韓湘來送行，即八仙之一韓湘子

石堅千衢暢　林深萬戶蔭
贈王石林（專職修路）　二〇〇四年九月二日青雲店

世出英豪楚漢地　強馳駿馬吳越天
贈蔣世強（華東飯店副總經理，沛縣人）　二〇〇四年十月六日南京華東飯店

金戈鐵馬雞鳴曉　碧水青山虎躍章
贈查曉章（華東飯店總經理，曾是軍人，原籍蘇州）　二〇〇四年十月六日南京

贈周忠華（華東飯店經理，沛縣人）　二〇〇四年十月六日華東飯店

忠忱漢闕懷鄉國　華美甯樓起錦帆

贈林炳堯將軍（南京軍區副司令員）二〇〇四年十月六日華東飯店

炳輝勳業金湯固　堯舜明時玉宇靖

贈汪建良（餐飲部經理、名廚、蘇州人）二〇〇四年十月六日南京華東飯店

建瓴年少憶震澤　良業功成在金陵

贈黃永進（司機）二〇〇四年十月七日南京

永駕追風黃驃馬　進程雲路展翅鷹

贈萬曉明（新余市文化局局長、音樂家）二〇〇四年十月十日新余

天籟琴聲大地曉　人文曲韻華燈明

贈車傑義（牙醫）二〇〇四年十月十五日

傑道家風精絕技　義行世澤有聲名

贈車傑祥　二〇〇四年十月十五日

傑士翩翩華正茂　祥雲靄靄路添光

贈李建明（會計）二〇〇四年十月十五日石景山

石景山頭建　珠盤指下明

《沈行楹聯集》

贈聯

贈聯

二三七
二三八

贈王占樓（小湯山療養院A區主任）二〇〇五年六月二十七日小湯山

占盡春光花聚錦　樓觀秋色樹披金

贈戴蘇娜（小湯山醫院副院長，主任醫師）二〇〇五年六月二十八日小湯山

蘇荷迎日紅光健　娜柳臨風綠蔭濃

贈劉維高（武警，山東人）二〇〇五年六月二十九日小湯山

維齊多士崇山嶽　高屋建瓴衛首都

贈李明（武警師長）二〇〇五年七月六日小湯山

李繁春色綺琅苑　明察秋毫壯樞機

贈李立新（京郊農村企業家）二〇〇五年七月六日小湯山

疊翠燕山宏業立　溶金宸闕企劃新

贈周雲秀（餐館鑫港軒主人）二〇〇五年七月六日小湯山

雲鑫南港珍饈聚　秀麗西軒貴客來

贈劉香玉（小湯山醫院體檢中心副主任）新居　二〇〇五年七月七日小湯山

香風十里來新宅　玉璧一雙兆吉祥

贈石榮國（昌平一村致富帶頭人）二〇〇五年七月十九日高碑店

榮光令譽領頭起　國泰民安致富來

贈羅寶良、徐芳伉儷　二〇〇五年七月十九日高碑店
寶聚良材家礎業　徐來芳麝愛心風

贈張金良（印染業）　二〇〇五年十一月十三日於海寧
金鑲玉嵌彩虹麗　良將賢臣繼緒高

贈吳林（飯店經理）　二〇〇五年十一月十二日湖州香溢大酒店
旭日初昇光耀目　強廚頻出席飄香

贈何旭強（專家樓大廚）　二〇〇五年十一月二十一日湖州師院專家樓
吳風多美饌　林壑居高人

贈張偉國（廚司）　二〇〇五年十二月二十六日湖州
偉筵文化精苕雪　國粹烹調美太湖

贈余曉東（湖州人，曾在桂林求學）　二〇〇五年十二月二十六日湖州師院專家樓
曉泛灘江思挹秀　東依震澤語生風

贈沙鐵勇（湖州市委宣傳部長）　二〇〇六年一月八日湖州香溢大酒店
鐵筆千章播道義　勇軍萬世奠和平

沈行楹聯集

贈聯
贈聯

二二九
二三〇

贈談月明（湖州市常務副市長）　二〇〇六年一月八日湖州
月映太湖銀瀲灩　明開天目玉崢嶸

贈倪玲妹（湖州市副市長）　二〇〇六年一月八日於湖州香溢大酒店
玲瓏玉珮來苕雪　妹姊金緘度斯文

贈談耿倫（上海中菱電梯董事長，信佛）　二〇〇六年一月十一日長興
耿炯銀河梯直上　倫悟金塔錫飛來

贈李旭鷗（廣告設計）　二〇〇六年一月十一日長興國際飯店
旭日東昇宏構麗　鷗羽南至巧思翔

贈朱榮林（賓館及龍寶齋主人）　二〇〇六年一月十四日織里
榮歸織里懷龍寶　林茂長興起鳳樓

贈蔣榮華、鄭財美伉儷　二〇〇六年一月十四日織里
榮光石屏平鶼鰈　財富金鐘美鴻圖

贈許有甫（海寧籍企業家燈具店新張）　二〇〇六年三月十四日
有懷燈耀潮鄉月　甫展圖宏燕嶺雲

贈周沛生（沛縣宣傳部副部長）　二〇〇六年四月八日湖州

沛然浩氣蹴炎漢　生發新風達富強
贈金燕　二〇〇六年八月二十一日

阿房宮闕蒙恬筆　喬木松濤孟頫詩
贈許阿喬(王一品筆莊總經理)　二〇〇六年五月九日王一品齋

振衣高崗胸懷邑　德帳名園鐘鼓鳴
贈沈振德(湖州師院辦公室主任)　二〇〇六年七月七日湖州

京畿樹範和諧境　傑士戎歸俠義風
贈鄭京傑(民政局，軍人出身)　二〇〇六年七月二十日北京

信德千秋年少肇　陽和六合國風龥
贈黃信陽(中國道教協會會長)　二〇〇六年八月白雲觀

正炁三清容萬物　偉圖四極奠千基
贈馮正偉(中國道教協會秘書長)　二〇〇六年八月一日白雲觀

作美天公塵世道　安寧廓宇神州和
贈王作安(國家宗教事務局副局長)　二〇〇六年八月一日白雲觀

堅立靈岩千載塔　永銘睿哲萬言經
贈蔣堅永(國家宗教事務局副局長、蘇州人)　二〇〇六年八月一日長江國際俱樂部

《沈行楹聯集》

贈聯

贈聯

福澤樂群傳博識　君行敬業集菁英
贈任福君(中國科普研究所所長)　二〇〇六年八月三日勝寒樓

國聚梁山多好漢　生輝古塔立新風
贈劉國生(鄆城縣委書記)　二〇〇六年八月十日　鄆城有一五代古塔悉已補缺層

金裝玉琢千秋藝　明趣清風萬般情
贈郝金明(古家具收藏家)　二〇〇六年八月三日玉蜓橋

為開天目詩文苑　民享水源魚米鄉
贈梁為民(安吉縣委書記)　二〇〇六年八月十四日

錫福天街斟美酒　慶祥豪士薦珍饈
贈賈錫慶(企業家)　二〇〇六年八月四日金悅酒家

金珠玉粒中華粹　星座月輪世紀風
贈金星(仝上合作者)　二〇〇六年八月四日

為有滕王千載閣　民登井崗萬重山
贈陳為民(江西省委秘書長)　二〇〇六年八月十四日

大事纪年录

《沈行楹聯集》

贈聯

金裝鬢霧菱花鏡　燕蒻春風柳葉眉
贈韓善續（名演員）　二〇〇六年八月二十三日金昌盛酒店

善狀人間蘊萬象　續承華夏藝千年
贈譚寶泉（曾是邊防軍官、愛詩書）　二〇〇六年八月二十三日

寶劍鋒疆土衛　泉流激湍詩書長
贈伊永亮（規劃局長，原軍人）　二〇〇六年八月二十三日金昌盛

永存摯誼懷戎馬　亮閃城容起蟄龍
贈郝金明、豫燕伉儷　二〇〇六年八月二十三日金昌盛酒店

金開宏業明樓起　豫立環球燕塞飛
贈趙華（研究易學）　二〇〇六年八月二十三日

趙璧秦歸千古頌　華魂道哲一身賢
贈陳宏規（比利時博士、力學，二子在國外）　二〇〇六年八月十九日

宏觀宇宙無窮力　規紹箕裘永盛家
贈徐家設（集賢賓館經理，山東人）　二〇〇六年八月二十六日懷柔中央統戰部集賢賓館

家倚青岱湖山美　設建紅螺俊彥歸

贈聯

贈劉延東（中央統戰部長）　二〇〇六年八月二十六日集賢賓館
延祚發揚華夏粹　東方崛起神州龍

贈孫家正（中央文化部長）　二〇〇六年九月十七日
家園萬里文風盛　正氣千秋化育多

贈孟小思（文化部常務副部長）　二〇〇六年九月十七日
小納萬邦翔鶴藝　思接千載雕龍文

贈苗少波（中央統戰部辦公廳主任，濟南人）　二〇〇六年九月十七日
少傑風華賢達苑　波光瀲灩大明湖

贈王祥傑（北京西城區副書記，連雲港人）包景華伉儷　二〇〇六年九月十七日
祥瑞連雲東海景　傑豪正氣西城華

贈張兵（西城區公安局長，河南人）　二〇〇六年九月十七日
張力黃河射雕手　兵韜紫禁護龍人

贈曹志科、曹勇、純一祖孫三代（鐵路公安局長，徐州人）　二〇〇六年九月十七日
志耀彭城純義勇　科安燕闕一心丹

贈李金星、岳山、小盈一家三口　二〇〇六年九月十七日燕坡酒樓

金光照耀盈山岳　　　星宿北祥惠麗姍

贈褚明劍（吳興區教育局長·生物學）　　二〇〇六年十月二日湖州香溢酒家

明研博物生靈奧　　　劍鑄莫干粹礦鋒

贈金凱民（吳興實驗中學校長·嘉興人）　二〇〇六年十月二日

凱旋百載南湖雨　　　民智千秋東陸風

贈沈洪海（吳興實驗中學副校長·體育、書畫）　二〇〇六年十月二日

洪波體魄千金筆　　　海闊心胸萬象圖

贈翁卡爾（杭州柳鶯賓館經理·原軍人）　二〇〇六年十月十五日杭州

卡作長城常衛國　　　爾掌瑤館喜迎賓
【注】賓館專接待國家領導人

贈湯新平（浙江省警衛局局長·安吉人）　二〇〇六年十月十五日柳鶯賓館

新略德操莫干竹　　　平安盛概浙江潮

贈產慶華大夫（上海人）　二〇〇六年十一月十日湖州

慶典飛花申江麗　　　華佗仁術太湖光

贈徐一甬、嚴沈杭伉儷　二〇〇六年十一月十四日湖州

一壁邨環東海甬　　　沉缸醇釀西湖杭

《沈行楹聯集》

贈鮑復興、應美寶伉儷『三西堂』聯　二〇〇六年十二月廿日湖州

復擁林泉，西湖荷馥，西泠松茂，西溪蘆舞，興高四季撫清趣；
美鍾金石，南國風輕，南宇月朗，南塔雲飛，寶聚八方緒墨緣。

贈王海華（書法家）　二〇〇六年十二月廿五日

海納百川融諸體　　　華滋千載毓斯文

圖書在版編目(CIP)數據

沈行楷聯集/沈左堯著.—杭州:西泠印社出版社,
2006.12
ISBN 7－80517－769－4

Ⅰ.沈… Ⅱ.沈… Ⅲ.對聯－作品集－中國－當
代 Ⅳ.I269.7

中國版本圖書館 CIP 數據核字(2006)第 150053 號

沈行楷聯集（一函一冊）

出版　西泠印社出版社（杭州解放路馬坡巷三九號）
作者　沈左堯
印刷　華寶齋
裝訂　杭州富陽古籍印刷廠
　　　（浙江省富陽市江濱東大道二二號）
版次　二〇〇七年二月第一版第一次印刷
印數　一—一〇〇〇
定價　肆佰捌拾圓

ISBN 7-80517-769-4

ISBN 7 -80517 -769 -4

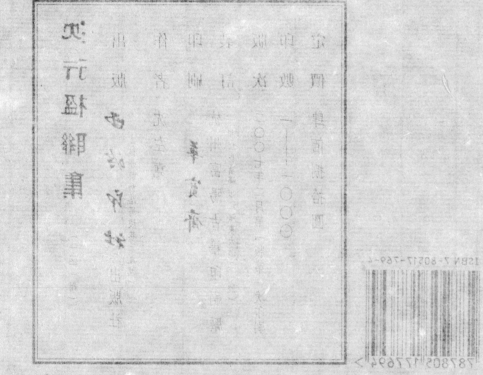